ポンペイの夾竹桃

土居龍二 小説集

コールサック社

小説集　ポンペイの夾竹桃　目次

小説集

ポンペイの夾竹桃

土居龍二

I　命を生きよ

祖父の訓戒

〈1〉

担任の樺島先生から電話がかかってきた時、博之は二階の自室に籠もっていた。まだ一人前に育ってもいないのに、いったいどんな考えがあるというのか、自己主張ばかりして少しも言うことを聞こうとしない息子にいらいらしながら勝治と清枝は、二人だけで夕食を済ませたところだった。

「まったくあの子は、あなたに似てて頑固なんだから……。それなのにあなたは良い時だけ良い顔をしてて、びしっと叱りもしないで。だから博之がつけ上がるのよ。こんな時は大声で、一つ呶鳴《どな》りつけてやればいいのに……。」

清枝の愚痴はまだまだ続くはずだった。だがちょうどその時、電話のベルが鳴って、何方《どなた》かの意志の到来を告げたのであった。

「はい、吉川でございます。」と受話器を持った清枝は、「博之がいつもお世話になっております。」という言葉を途中で滞《とどこお》らせて、その後は「はい。」「はい。」という返辞だけを繰り返していたが、「はい、わかりました。ちょっと待って下さい。いま、父親に代わりますから……。」と言って受話器を夫に押しつけた。

父親の勝治が出ても、息子の学校の先生からの話は同じ繰り返しにすぎなかった。

——本校ではバイクの免許を取得することさえ禁じられているのに、その禁を破って免許を取り、その上、昨日スピード違反で捕まって、しかもその警官に言い逃れさえしようとした。「そんなことをしなければ、学校へお知らせしようとは考えなかったのですが。」と警官は言ったという。それで警察から学校へ問い合わせの電話がかかってきたので、今日、博之君を呼んで事実の確認をしたところ、事実に間違いはないということでしたので、今日から当分の間、本人には自宅謹慎を命じてある。前例からいっても無期停学ぐらいは免れられないだろう——ということであった。

「博之。博之。ちょっと下りてこい。」と勝治は二階に向かって呶鳴りつけた。

「うん。わかったよ。」二階からは返辞だけが返ってきた。

「わかったのなら、すぐ下りてこい。博之。」

「うん。いま行くって言ってるだろ。」

「博之。お父さんがこんなに言ってるのが分からないの。すぐ下りてらっしゃい。」と清枝も声を荒らげた。

やがて足音がして、一メートル八十近くもある息子の身体が両親のいる部屋の前の廊下につっ立った。

「おい、いったいどういうつもりなんだ。学校はやめるのか。」

勝治が言っても、博之はただ黙っている。

「免許のことだよ。バイクのことだよ。スピード違反でパトカーに追っかけられて、捕まったんだろ。担任の先生は、おまえに、家に帰って親に報告しとけって言ったんだろ。それをなんで言わないんだ。えっ。なんでなんだ。なんで黙ってたんだ。いったい誰のバイクを乗り廻してたんだ。まさか家のじゃないんだろうな。」

「違うよ。そんなことしないよ。」

「じゃ、なんだ。誰のバイクなんだ。えっ、どっから借りてきたんだ。」

「うちのじゃないよ。友達のだよ。」

「友達？　友達って。誰だ。」

「そんなこと、言えないよ。」

「何故？　何故、その名前が言えないんだ。父親のおれに言えないってわけはないだろう。

言ってみろ。えっ。その友達の名前を言ったからって、それでおれがどうのこうのしようなんて、おれがそんなことをするわけがないって、その位のことは分かるだろう。父親を信用しないってのか。」

「親父を信用するとか、しないとか、そんな問題じゃないよ。ただ、名前を言いたくないっていうだけだよ。」

勝治は仕方なく黙り込んだ。そして静寂の中で、たしかに少しずつ焦りを感じながら、しかし親の立場をしっかりと持していかなければならないと焦りを抑えながら思っていた。どうやってこの息子を責めたら、この息子から、最も素直な、真率な声が聞けるものだろうか。いったい、なんだってこいつは友達のことばかり庇《かば》いたてようとするのだろう。

「それじゃ、おまえ。その時はおまえ一人じゃないだろう。その単車を飛ばしてた時は。」と。勝治は別の糸口を思いついて、少し優しい口調になって息子に尋ねた。「一人で走っていたんじゃないんだろう。何人でやっていたんだ。」

「五人だよ。」

「じゃ、なんでおまえだけが捕まったんだ。」

「それは……、おれがそういうふうに仕掛けたんだ。おれ一人が捕まれば、それであいつらは何とかなると思ったからだよ。」

「あいつらって？」

「警察のやつらだよ。」

勝治は息子に誑《たぶら》かされたような気持になった。「あいつらは何とかなる」という、その「あいつら」とは、博之の仲間たちのことだと思ったのであった。

「それでおまえはどうやったんだ。その警官をうまくやるために？」

勝治はできるだけ穏やかな口調で息子に語りかけた。

「おれはいちばん後ろを走っていたので、アクセルだけをぶんぶん吹かしながらパトカーの前を蛇行してやったのさ。お蔭で、おれはひっくり返っちゃった。」

「まあ、危ない。」と、それまでずっと黙っていた清枝が口を開いた。「で、大丈夫だったの？怪我は？」

「ううん。ここんところとこっちを擦り剝いただけだよ。そのお蔭で、あいつらはおれにかかずらわって、皆はうまく逃げられたんだ。おれだけで十分だよ、捕まるのは……。」

「ばかやろう。いい気になりやがって。それで済ませようなんて、まったく、馬鹿もいいかげんにしろ。おまえだけ、自分がいい子になったつもりで、皆の責任を一人で負っているような格好をしたって、それで済むわけじゃあるまい。えっ？　おまえだけが、なぜ皆の責任を負わなければならないんだ。もっと自分の立場ってものがあるだろう。おまえ自身にその立場があるように、おまえの友達にも、それぞれ負わなければならない立場というのがあるはずじゃないか。それを、なぜおまえだけが皆の責任をひっ被ろうなんて考えるんだ。そんな友情なんて、偽物《にせもの》の友情だってことが分からないのか。その、おまえの五人の仲間ってのは、いったい誰なんだ。」

「五人じゃないよ、四人だよ。」

「なに、おまえはさっき五人て言ったじゃないか。」

「おれだって仲間だよ。おれ以外に四人だよ。」

父親は、そんな息子の口のきき方に苛立ってきた。が、苛立ったとて、どうしたらこの息子の意向をまともに自分の方へ向けられるのか、勝治には分からなかった。腕力で抑えつけてやろうかという思いも何度か脳裡に馳せ巡った。しかし、どうもそんな自信はなさそうだった。

そこで勝治は言った。

「そうか。仲間は四人か。それなら、それでいい。その仲間の四人の名前を言ってみろ。」

博之は黙って父の顔を見ていた。

父も息子の顔を睨《にら》んでいた。

「言えないよ、友達の名前なんか。」と、その時、博之は吐きだすように言った。

勝治はますます熱《いき》り立ってきた。

「おい、誰なんだ。言ってみろ。えっ。山内君も入っているのか。それから吉成君か。えっ、どうなんだい。この二人は入っているんだろう、そうなんだな。」

父は息子の様子をじっと見つめながら、少しでもその頭が肯定のそぶりで動いたら、決してそれを見逃しはしないぞといった様子で待ち構えていた。しかし博之はそれ以上の覚悟をもって、決して頭を揺り動かしたりはしなかった。

「えっ、そうだろ。その中には山内と吉成がいるんだろ。そんなに依怙地におし黙っていても、ちゃんとおまえの顔にかいてある。どうだ。そうなんだろ。えっ。それでいいんだな。」

「違うよ。山内君と吉成君だなんて、親父が勝手にそうだって決めたからって、それで決着がつく問題じゃないんだ。どうせ処分なんだろ。学校で処分されるんだろ。それなら、おれ一人だけで十分じゃないか。なにも、五人全員の名前を出したからって、それで皆の罪が軽くなるわけでもないんだろ。それならおれ一人で十分じゃないか。いまさら言い逃れなんかする必要なんか、ちっともないよ。」

「ばかやろう。おまえには、親の気持が解らねえんだ。」

勝治はいきなり立ち上がって左手で博之の胸倉を摑《つか》み、右手で頰を張ろうとした。が、博之はすばやくその左手を払い除け、父の右手を捕えて、「なにすんだよう」と、反骨の気勢を示さずにはいなかった。

勝治は息子の抵抗の激しさ、その力強さにいささか狼狽した様子で、それでも親としての威厳を示そうと、よろけた身体を立て直し、

「なんだ、その態度は？　それが親に対して取る態度か。」

博之はその場につっ立って父を睨んでいた。

「で、どうするんだ、学校は？　行くのか、行かないのか。」

「行くよ。」

「じゃ、その処分ていうのはどうするんだ。」

「受けるよ。」

「おまえ一人でか。」

「うん。」

「あとの四人は？」

「知らないよ。」

「それで、おまえ、本当に後悔しないのか。五人でやったことなのに、おまえだけが捕まって、おまえは仲間の他の四人の名前を知ってるのに、それを言わないで、おまえ一人だけが処分されて、他の四人もおまえと同じことをやったのに、処分されもしないで、のうのうとしてて、それでおまえは本当に、あとになってでも後悔しないでいられるのか。おまえが将来ずっとこのことで後悔しないでいられるのか。その確信はあるのか？」

「将来なんか、後悔するか、しないか、そんなこと、分からないよ。」

父と子の感情の起伏は、先刻の摑み合いになりそうだった時よりはずっと落ちついているようであった。が、裏を返してみれば、かっと燃え盛ったあの時を境に、二人の気持はぐんと沈み込んでしまったに違いなかった。

勝治はまたそこに腰を下ろし、灰皿を引き寄せて、煙草に火をつけた。

「博之、坐りなさいよ。」と清枝が言った。そしてしばらく博之がそこに坐るのを待って、清枝がつづけた。「あなた、免許はどうしたの。免許はいつ取ったの。無免許運転じゃなかったんでしょ。」

「うん。」

「いつ取ったんだ。」と、勝治がまた苛立たしげに口を挟んだ。

「夏休みだよ。」

「親に黙ってか。」

「……。」

「免許を取るには住民票がいるだろう。それを一人で取ってきて、黙ってやったんだな。校則違反と知っていて……。」

博之は黙っていた。

「あなたは、どうして、そう自分勝手なことをするの。龍門高校の生徒なら、龍門高校の規則を守らなければだめでしょう。自分一人だけで生きてるわけじゃないんだから……。無期停学だなんて、お父さんだって、お母さんだって、今までに、吉川家にも、今井家にも、そんな処分を受けた子は一人もいなかったわ。恥ずかしいったらありゃしない。あなたは、いったい、何を考えてるのよ。」

母親のその愚痴に対しても、博之はただ黙っていた。博之の心に何があるか。勝治にも清枝にも読めなかった。

〈2〉

その数日後、清枝は、息子を伴って学校へ来るようにとの電話を樺島先生から受けた。明日、校長から処分の申し渡しがあるというのである。母の清枝はその言葉を聞いた時に、この子にはこうしていつの間にか、なにか目には見えない世の闇の首枷《くびかせ》がはめられていってしまうのではないかと、そんな暗黒を見るような気がして、寂しさを感じたのであった。しかし、最近ずっと悄気《しょげ》返っている博之には、できるだけ明るい声でそのことを伝えて、その後に「やはり規則は規則だからね」と言っただけで留めておいた。

翌日、母と子は連れだって学校へ行った。

校長の申し渡しは。担任の樺島先生から予告されていた通りの無期停学であった。無期停学とは、いちおう有期の最高期限を二十日と決めてあるので、それを一日でも過ぎれば、そして、その間に何の不祥事もなければ無期停学の処分は解除されるということであった。その間は、外出は勿論のこと、友達に電話をすることさえしてはいけないというのである。そして、反省日記を、その日その日に考えたことをきちんと書き留めて、登校時には必ずそれを持参するようにとのことであった。

清枝も、当の博之も極めて神妙に返事だけは小さく返しながら、校長の処分申し渡しを黙って聞いていた。校長が退室した後、樺島先生からも懇々と言い含められ、母と子はこっそりと学校を後にした。校庭には体操衣の生徒達がサッカーボールを追って走り回る姿が眺められた。

博之は、今度は校舎の方を返り見ながら、ふと、教室の中の様子を思いみた。皆がいるはずの学校が、校舎が、これほど寂しく見えたことは、未だかつてなかったことであった。母と息子は駅への道を、親子のように側につくわけではなく、かといって全く未知の他人同士のように離れて行ってしまうわけではなく、思春期の息子とその母親とは正にこんなものかといった様子で、つくとなく離れるとなく歩いていった。

そして、駅に着くと、清枝が切符を買っている間は、博之は改札口の中で、待つとなく待っていた。改札口の方へ母が歩いてくると見ると、博之はホームの階段に向かって歩きだす。清枝は、背の高い息子の姿を見つけては、そちらの方へ歩いていく。電車に乗るのも、隣のドアからであった。

〈3〉


家に最寄りの駅で下り、改札口を出た所で清枝は小走りに博之に近づいて声をかけた。

「博之。おじいちゃんの病院に寄っていこう。」

「なぜ?」

「お見舞いよ。勿論、あなたの今日のことは内緒でね。出てきたついでですもの。あなたは最近、全然お見舞いに来てないでしょ。」

「うん。」

その返辞は母親の問い掛けへの応答とも、見舞いに行こうと誘われたその同意とも、どちらとも取れるものであった。しかし母親にはそれで意が伝わったらしく、清枝はバス乗り場の方へ足を向けた。

勝治の父の聡一郎は三か月ばかり前から市の総合病院に入院している。喉《のど》の痛みと身体のだるさを訴えて病院に行ってみたら、診断は胃癌の、しかも末期症状だとのことであった。手術台に上るは上ったが、開腹後、切除の手術はせず、そのまままた縫い合わせてしまったとの医師の話であった。だが、七十歳も半ばに近い本人には、胃潰瘍で手術は成功したが、術後の養生が大事だから、いましばらくはゆったりした気持で入院しているように、との忠告がなされていた。

博之にもそれは知らされていた。優しかった、あんなに好いおじいちゃんが騙されながら、そうしていつかは死んでいくのかと思うと、悲しいような、悔しいような、泣くに泣けない気持になるのであった。だから博之はおじいちゃんの病院に行くのが、あまり好きではなかった。

母について病室に入ると、すっかり痩せこけた祖父は孫を見ていかにも嬉しそうににっこりと笑みを見せた。

清枝はバスを下りてから買ってきた花束の包装紙をほぐしながら、祖父の身体の具合を尋ねたり、病院のお食事はその後どうですかと尋ねたり、お隣の山崎さんのおじいさんが心配なすっていたわと話しかけたりして、花瓶を持って出ていった。

「博之。今日はどうしたんだ。どうかしたのか。」

清枝が出て行くのを待っていたかのように、その時、総一郎が孫に向かって問いかけた。

「別に……。」と言っただけで、博之はそれ以上は何も応じなかった。

祖父も数秒間、黙っていた。その数秒間が博之にはいたたまれない長さであった。

「博之はわしの孫だ。しっかり生きろよ。」

そう言って総一郎は寝返りをうった。

その時、清枝が花瓶を持って戻ってきた。

「おじいちゃん、もうじき退院できるらしいじゃない。今、看護婦さんに伺ってきましたわ。明後日の回診で別に異状がなかったら、その日にも退院できるってことでしたわ。」

母の晴れやかそうなその声が、博之にはいやだった。

「そうか。清枝さんにもそう言ったか。やはり家へ帰れるのは嬉しいことだな。山崎さんの旦那が、また将棋をさしたいってか。」

清枝が戻ってきたもの音でまたこちら向きに寝返っていた総一郎は、ちらりとまた、孫の横顔を窺った。だが博之は俯いていて、祖父の視線を感じてはいなかった。

「今日はお揃いで、どこへ行ってきたんだ。」

しばらくは清枝の世間話や問いかけに応じていた後で、総一郎はふと、今度は清枝に尋ねた。

「いいえ、別に。ただ、おじいちゃんのお見舞いに行ってみようって、博之を誘いだしてきただけですわ。」

「博之は、今日は学校じゃなかったのか。」

その問いは博之に向かってなされたように思って清枝は、ちらりと博之の方を見た。が、博之は何も言いだしそうになかった。そこで清枝は助け舟の口を開いた。

「今日は文化祭のあとの代休だったものですから……。」

母親の嘘である。文化祭の代休は先週の月曜と火曜であった。

祖父は何も言わなかった。俯《うつむ》いている博之の様子をただじっと見ていただけであった。

清枝は急に能弁になって、いつも車で売りにくる八百屋さん（丸成さん）の話をはじめた。

——新しくできる道路がちょうど丸成さんの庭にかかって、今はその工事が進んでいるが、当の丸成さんもそれに乗じて、古い家を毀《こわ》し、新しくビルを建てている。なんでも、そのビルで今度はコンビニエンス・ストアを始めるそうで、今は息子さんが駅前のスーパーに修業に行ってるらしい。この町も古い魚屋さんや八百屋さんがどんどんなくなって、スーパーとかコンビニエンス・ストアとか、そんなビルが立ち並ぶようになってきた。こうして町はどんどん変わっていく——そんなことをしゃべりたてた。

「ほう、丸成が、か。あそこのばあさんが木箱を背負って魚を売りに来ていたのも、つい最近だったように思うがなあ。」

総一郎は嫁の話に引き込まれたように、もうずっと以前に死んだ先代の老婆の話で相槌をうった。それから両手を頭の下に支《か》って、じっと天井を見つめていた。

ちょうどそんな時、病室のドアが開いて、祖母のいねが入ってきた。

「おや、来ていたのかい。今、ちょっと、お使いに行ってきたところだよ。おじいさんがこんなものを食べたいなんて言ってたから。」

そう言って、いねは紙袋の中から石榴《ざくろ》の実を三つ取りだした。そして、少し口が開いたところから割ろうとしたが、祖母には容易に割れなかった。

その間にベッドの上に坐り直していた祖父が、「どれ。」と言って石榴を受け取り、力を入れたが、手は震えるばかりで、石榴の実は少しも割れそうな様子を見せなかった。

「博之。」と、総一郎が呼んだ。そして石榴を渡した。

博之は力を籠めて、それを割った。その拍子に力が余って半分が手から飛びだし、床に落ち転げた。赤と白の半透明のいく粒かが病室に跳ね散らばった。

「あら、ま、どうしたの。」と清枝が言った。「もったいないわ。」

「だいじょうぶだよ、これは洗ってくるから。」と、いねは床に落ちたのを拾い、もう一方の手を博之にさし伸べて半分の石榴を受け取ると、「はい。」と言って、それを夫に差しだした。

総一郎は、もらった石榴の実の粒子を掌で削《そ》ぐようにして幾粒かを取ると口に含んだ。そして嬉しそうに笑みを浮かべながら、もぐもぐ噛んだ。

いねは、その笑顔を見てから、残りの半分を洗いに病室を出て行った。

しばらく噛んでいた総一郎は掌の上にぽっと石榴の種を吐きだした。

「はい、おじいちゃん。」

清枝は手早く手提げ袋の中からティッシュ・ペーパーを取りだし、一枚を抜きだしてそれで義父の掌から石榴の種を拭き取り、また取りだした別のもう一枚を義父の掌に載せた。

「ここへ出して下さいね。」

床に散らばっていた果粒をくまなく拾っていた博之は、それを屑籠に捨てて、また祖父のベッドの足元に、壁に凭りかかるようにして立っていた。

「おじいさん、どうせ一遍には食べきれないでしょう。これ、博之に食べてもらう?」

戻ってきたいねはそう言って、半分の石榴を博之に差しだした。

「ぼく、いらないよ。」

「だいじょうぶだよ、洗ってきたから。きれいだよ。なんなら、ほら、わたしが上っ面を食べてあげる。」

祖母はそう言って石榴の上を削ぐようにして、それを口に含み、もぐもぐしながら残りを博之に渡した。

博之は仕方なく受け取り、それをまた半分に割って、一方を母に差しだし、残りの分をまた割りながら食べ始めた。

清枝も、一粒、一粒、抓み取って口に運んだ。甘酸っぱい、それもほんの微かな味である。


〈4〉


数日後、総一郎は勝治の車で退院してきた。

総一郎といねの老夫婦は息子夫婦に母家をあけ渡して、新しく建てた離れに住んでいた。食事もずっと別々にしてきたが、総一郎が入院してからというもの、いねはほとんど清枝の整えた食卓に列している。そして最近では、いねも清枝と並んで台所に立つことが多かった。

博之が学校に行かないのは、オートバイに乗って停学になったからだということは総一郎にもすぐ知れてしまった。「そうだろう。そんなことだろうと、わしはあの時にそう思った。」と、総一郎は真実を明かされた時、そう言った。

「博之だって馬鹿じゃないものな。な、博之。お前の顔には、あの時、後悔の色が出ていたぞ。まあ、そんなものさ。後悔を一つすれば、一つ利口になる。やってしまったことは仕方がないさ。」

博之は至って神妙に日々を送っていた。食事のあいだも、あまり口をきかなかった。ほとんど自分の室に閉じ籠もり、用がなければ出ても来なかった。毎日、きちんと、言われた通りに反省の日記も書いていた。

が、ちょうど一週間を過ぎた頃、日記帳代わりにしたノートを持って、母のもとに来て、こう言うのだった。

「もう、反省することなんか、何もないよ。書くことなんか、何もないよ。いつも頭に浮かぶことは同じことばっかりだ。一人きりでいたら、余計にオートバイをぶっ飛ばしたくなっちゃう。」

清枝は、正しくそれを自分のことのように感じ取って困りきってこう言った。

「そんなにいらいらしたって、だめでしょう。いらいらしないで、じっと我慢していられるかどうか、それが今のあなたに与えられた試練じゃないの。今度オートバイなんかに乗って学校に知れたら、あなた、退学よ。退学したらどうするの。」

「働くよ。」と博之は吐きだすように言った。

「なに言ってるの。高校中退で働いたって、そんなの、一生下働きになるだけよ。高校中退っていうのは、中学卒と同じよ。一生下積みよ。世の中の土台になるだけなのよ。ここまでしっかりやってきたのに、今になって、なんでそんな負け犬みたいな、いいかげんな考え方をするの。世の中ってのは、そんなものじゃないのよ。いくらでも上へ伸しあがるチャンスを、我が子に与えたいというのが、世の中の親という親の、どの親でもどの親でも、それが願いなのよ。お父さんもお母さんも、なにもあなたに日本一偉くなってもらおうなんて思っているわけでもないわ。ただ、我が子にだけは辛い思いをさせたくないっていう、ただそれだけよ。」

「分かってるよ。うるせえなあ。」

「分かってるんなら、もうこれ以上お母さんを悲しませないでちょうだい。」

博之は返辞もせずに、そのまままたノートを持って、室に上がってしまった。

それからというもの、博之はもう反省日記など一行も書かなかった。母親がそのことを責めると強硬な言葉で反抗した。父親が側にいて口だした時など、ものすごい勢いで壁を叩いたりして、今にも父親に摑みかからんばかりであった。

「おれなんか、どうだっていいんだ。もう放っといてくれよ。」

しかし、だからといって、そんなに毎日、毎時、反抗的な態度でいるわけではなかった。やさしく声をかければ、大人しく応答するのであった。

そんなふうにして二週間ほどが過ぎた。

総一郎は自分の病気を知っているのかいないのか、離れの縁側で日なたぼっこをしたり、庭を散歩したり、時として母家を訪れて、博之にでも清枝にでも、誰かがいると茶飲み話をして一時を過ごして帰っていった。


〈5〉


土曜日の午後のことである。

「誰もいないのか。」

そう声をかけて総一郎が裏口から上がってきてみると、茶の間には博之がいて、しきりに受話器に向かって話している姿が見えた。

祖父は孫に対して別に他意があったわけではなかった。博之は電話をしているのか、と見ると総一郎は、入りかけた茶の間から引き返して、台所の椅子に腰かけた。

テーブルの上の新聞を見るともなく見ていると、博之の声が聞こえてくる。「今夜十一時に、運動公園のいつもの所に集合するんだな。うん、分かった。おれも単車で行くさ。親父のやつを失敬してく。ん、二百五十だ。ヤマハだよ……。」

そこまで聞くと総一郎はそっと腰を上げて、そのまま、また、声もかけずに裏口から帰っていった。

離れの軒下には五十㏄の原付バイクがシートを被せて置いてある。総一郎はそのシートを除けて、ガソリンの量を確かめ、エンジンをかけてみた。入院する前までは駅前通りの棋会所までこれに乗っていって一昼夜あまりも将棋を指していたものである。それが或る時、喉に痛みを感じて、病院へ行ってみたら、胃潰瘍との診断が下ったのであった。

総一郎はまた元通りにシートをかけると、室に上がった。いねは、近所のばあさんどうしで、なんでも皐月会とか名づけたお茶飲み会で、先刻からずっと外出中である。若い頃は毎月やるのだと意気込んでいたこともあったが、どこの家も嫁の代になった最近では、年に一回か二回、忘れた頃にやっている。今日は総一郎の退院祝いだそうな。

総一郎はテーブルに向かって、何やら書きものをしていた。しかしそれもうす暗くなった六時過ぎにいねが帰ってきた時にはもう終っていて、テレビの前でごろりと横になっていた。

「あら、あら、暗くなったのに電気もつけないで。」

いねは帰ってきて、蛍光灯の明かりをつけた。

総一郎はむっくり起き直って、そこに坐った。泣いていたかのような赤い眼であった。

「目が悪くなるわよ、こんな暗いところで、赤い目をして……。今日は遅くなっちゃったわ。みんな、あなたのことを心配してたわよ。」

「そうか。ありがとう。」

「いいわねえ。あなたには応援団がたくさんいて。大平さんの奥さんも、平田さんの奥さんも、本田さんだって、笠原さんだって、みんな心配してくれていたわ、あなたのことを。退院おめでとうって、こんなものをくれたわ。」

総一郎は渡されたデパートの紙包みを開くと、木製ブローチのようなもののついた紐状のネクタイであった。

「ほう。ありがとう。いいお仲間だな。」

いねは、おやっという顔をして夫を見た。長年連れ添っていたが、こんなに素直に褒めことばを言われたことはついぞなかったことであった。そこで揶揄の一言をでも言おうかと思ったが、いねはただ暫し夫の顔を流し見ていただけで、視線を逸らせた。

「おや、何か言いたそうだったな。」と総一郎は言った。が、妻の笑みを含んだ視線が逸れてしまったので、夫も口をつぐんだ。

そして、しばらくの沈黙の後、総一郎は言った。

「しっかりした息子がいて、嫁がいて、孫もいる。その上、いいお仲間がいるんだから、これが幸せな人生ってものだな。」


〈6〉


その日の夕飯も、総一郎といねは息子たちと一緒に母家の方でした。博之はきわめて神妙な態度でことば少なに食べ終ると、そのまますぐに二階の自室に上がっていった。

「さ、わしももう引き上げるとするか。な、勝治。博之を信頼してやれよ。あれでも一生懸命なんだ。親に信頼してもらえなければ、やぶれかぶれになるだけだからな。少しぐらい横道に逸れたからって、信頼されてるっていうことが分かってれば、立ち直れるものさ。人間なんて、そんなに出鱈目な奴じゃない。な、勝治。じゃ、いいな。おやすみ。」

勝治はふと父の顔を見た。総一郎はすうっと視線を逸らせて、そのまま出て行ってしまった。

この時の父の目の動きは、その後もずっと勝治の心に焼きついて残ることになる――そんな一瞬の目の動きであった。


〈7〉


その夜、いつものように勝治は寝る前に酒を飲んだ。妻の清枝も気が向くと夫の酒につき合うが、今夜もその伝で二人は向き合って飲んだ後、十時半には床についた。早く寝て、早く起きる。それが勝治夫婦の生活習慣であった。壮年を過ぎた年齢のせいもある。向き合って飲みながらも、また並んで寝ながらも、夫婦は世間話や今日の出来事などを語り合うのである。

「今夜のじいさんは何だったのだろう。」と、布団に横たわった勝治は呟くように言った。

「どうして?」と清枝が訊いた。

「いや、別に……、どうしてってわけでもないけど、あの、親父の目が何か言ったように思えたんだ。親父は、胃癌だってことをまだ知ってはいないんだろう?」

「そのはずよ。お義母《かあ》さんだって、知らせたなんて言ってないもの……。」

そんな寝物語で清枝は枕元の電気スタンドを消した。

勝治も眠りについた。

が、眠ったのだったか、覚めていたのだったか、勝治はオートバイが家から出て行く音を聞いていたようだった。

それはいつも父の乗る五十ccのバイクの音のようだと思いながら、勝治はそのまま眠ってしまった。夢の中のように音は遠ざかった。


〈8〉

総一郎は運動公園へとバイクを走らせた。それは博之が父の二百五十ccのオートバイを乗りだす十数分前のことであった。博之は音をたてないように、エンジンをかけずに単車を押して門の外まで運びだし、道路に出てから初めてエンジンをかける用心深さで、父のオートバイを乗りだしたのであった。父の勝治がどれほどこのオートバイを愛用していたか、博之には知る由もない。それはまだ、昨今の暴走族などという言葉さえなかった頃のことである。勝治はこの乗り物を仕事にも娯楽にも愛用していたものであった。新婚の頃、勝治が妻の清枝を乗せて——それは今のヤマハではない、その前のものであったが——木下街道を走って成田山へ行ったのも、愛用した二輪車だったのである。しかし勝治も四十半ばに達して、今では二輪車よりも四輪の車の方を愛用している。

総一郎はグランドの陰でバイクに跨がったまま〝時〟を待った。らくだ色のカーディガンを羽織ってきたが、肌寒さが感じられて、総一郎はそのぼたんを掛けた。

やがて、二人、三人と、オートバイの音を轟かせて、それらしき若者達がやってきた。博之もきた。四人はグランド横の広場を乗り廻したり、タイヤを横すべりさせたりしている。

総一郎はまだ待っていた。

「もう一人か、二人か。」

そこへまた一つ単車の音が近づいてきて、総一郎はもう待ちかねるままに、単車の輪の中へ五十ccのバイクで乗り込んでいった。

一台のオートバイが急ブレーキをかけて総一郎のバイクの直前で止まった。

「じいさん、危ねえじゃねえか。」

一人が呶鳴る間に、二台、三台、四台と、次々と総一郎を取り巻くように止まった。

「あっ、おじいちゃん。」

博之は、その時やっと総一郎を認めて、強く呟くように言った。

総一郎はバイクから下りてスタンドをかけると、博之の方に近づいていった。

「わしはな、戦時中はハーレイを持っていた。それも、終戦間際に憲兵隊に持っていかれてしまった。おまえの親父もこれが好きでなあ……。」と言いながら総一郎は、手ぶりで「どけ」と博之に指図した。仕方なくサドルから腰を上げた孫に替わってそれに股がると、総一郎はエンジンをぶんぶん吹かした。


孫の博之はしっかりと父のオートバイを押さえ込んだ。仲間の一人が総一郎の股がったオートバイの前輪の前へ自分の単車の前輪を横向きにして発進を阻止した。

「どけろ。わしにだって、こんなものぐらい、乗り廻せるんだ。」

頬骨がとび出た痩せこけた顔で眼を怒らせ、総一郎は病身とも思えぬ声で、孫にとも、その仲間にともなく大声で吸鳴った。

「おじいちゃん、どうするんだよ。」

博之は祖父の気勢の激しさに思わず手を放した。

それを見て、仲間の一人も、オートバイの前輪を遮っていた車輪をいやいやながら横にずらして総一郎の意に従った。

総一郎の乗ったオートバイが動きだそうとする。その間際に、博之は祖父に抱きついた。

「おじいちゃん。なにするの。」

祖父は孫の方に顔をふり向けた。

「おじいちゃんは、な。おまえに、オートバイの乗り方ってのを教えてやるんだよ。勝治はおれの子供。博之は勝治の子供。なんだって順ぐりなんだからな。自分てのは大事なものだ。さ、博之、放せ。五十ccのバイクはそこにある。」そこで総一郎はまた声を張り上げて言った。「おまえら、ついて来たかったら、ついて来い。わしは吉川博之のおじいちゃんだ。」

博之は祖父に指さされた五十ccのバイクの方へ行きかけたが、慌てて駆け戻ると、友達のオートバイの尻に跳び乗った。

総一郎の乗ったオートバイは運動公園から出ると、南へ向けてつっ走った。博之の仲間の一台、二台、三台が追い越すと、総一郎もスピードを上げて、また抜き返した。信号が赤でも、横からライトの明かりが見えなければ、そのまま横切って走り抜けた。若者達には、その走り方はとても尋常なものには見えなかった。赤信号でスピードを緩めなければ、命を投げだすのと同じである。

「おい、やめろ。もうやめろ。じいちゃんの後は追うな。」赤信号で停まった時、博之はオートバイの背から跳び下りて、皆の前に両手を拡げながら仲間の者にそう告げた。追えば追うだけ祖父はスピードを上げて走りつづけ、確かにこの行為に生命を賭しているに違いないと感じたからであった。

「あのじいさんを、どうするんだよ。」

走り去る総一郎のオートバイの方を顎《あご》でしゃくりながら仲間の一人が言った。

「じいちゃんは死ぬ気なんだ。」

博之のことばを聞きながら、仲間の一人が苛立ちの空アクセルをぶんぶん吹かした。が、誰も、何も言わなかった。

「じいちゃんは癌なんだ。きっと、それを知ってるんだ。それで、ぼくの暴走を、生命をかけて止めようと思って、ぼくたちに挑んでいるんだ。」

信号が青に変わって、後に停まっていた車がクラクションを鳴らした。

博之が両手を拡げたまま立っているので、仲間たちはただ空アクセルだけをぶんぶん鳴らした。

「帰ろう。な、みんな。帰ってくれ。頼むよ。」

言い終わると博之はまた、さっきまで乗ってきたそのオートバイの背に股がった。

〈9〉

運動公園まで戻ると、博之は仲間の四人に自分の思うことを説明した。——祖父は胃癌で、もう三か月位しか生きられないと宣告されていること。その事実は祖父だけには知らせないように図られていたこと。しかし、多分、祖父はそれを感知したのだろうということ。そして、今夜のわれわれの暴走を何かで感じて、きっと、それを止めるためにこのグランドにやってきたのだろうということ——を。

「吉川、おまえがしゃべったのか。」と、仲間の一人が言った。

「ばかなことを言うなよ。おれがしゃべったら、おまえたち皆が処分されるはずじゃないか。」

博之は五十ccのバイクのところへ行きながら、そう言い返した。そして股がってエンジンをかけると、そのままことこと帰っていった。

〈10〉

家に帰りつくと、博之はこっそり中へ入っていった。

が、茶の間は明かりが煌々《こうこう》と灯《とも》り、父も母も、祖母までもそこにいて、申し訳なさそうな顔で入ってきた博之の顔を見ても、誰一人、怒りの声を発した者はいなかった。

「どうした？　じいちゃんは？」と勝治が訊いた。

「ひとりで行っちゃった。」

「何処へ？」

「湊町の方だよ。」

博之にも家族の心配の核心がすぐ察しられた。

テーブルの上を見ると、じいちゃんの太い万年筆で書かれた『遺書』の封筒と、拡げられた便箋が目についた。

「読んでごらん。」

心配そうに博之の頭の先から足元まで見上げ見下ろした母が言った。

——私の命が、もう間もなく終ることを私は知っている。人間には与えられた命がある。私にもそれが来たことを私は知っている。この世で、与えられた命のままに、順番に終るのは悪いことではない。いや、それがむしろ、おめでたいことだ。

勝治は勝治の命を生きよ。清枝は清枝の命を生きよ。

そして博之。お前もお前の命を生きよ。だが博之よ。お前の命は、それを終るのは、勝治と清枝の後にするのだよ。徒《あだ》や疎《おろそ》かに生を捨てることのないように。命とは、生きる姿勢のことだぞ。いいか、博之よ。私が死んでも、私の死は博之のためではない。私の命は、私が見つめて、それで死んでいく、ただそれだけのことだ。

何も大騒ぎすることはない。

静かに、頼むぞ。

静かに。静かに。それが大切なことだ。私の願いだ。

私は、いつか死ぬ時には、こんなことが言いたいと思っていた。今日、それを書き遺す機会を得た。幸せだ。それでは、我が妻・いねよ、あとはよろしく頼む。

吉川総一郎――

読み終った博之の頬に、思わず悔恨の涙が流れた。

吉川家の茶の間には死を待つような静寂の一時が、刻々と、確かに刻々と過ぎていった。

遠くに聞こえるエンジン音があると、誰もが耳をそばだてた。救急車のサイレンの音にはそれ以上の恐怖があった。

〈11〉

その時、確かに一台のオートバイが走ってきて、はっきり門前に停まった。

勝治と清枝はすぐに立ち上がって、外に出た。博之はそこを動くことが出来なかった。だから、ただじっと坐ったままで待っていた。いねはテーブルの上の遺書を折り畳むとそれを封筒に入れて、着物の懐に押し込んだ。

「潮見町まで行ってきた。いい満月だったぞ。」

勝治と清枝に助けられるようにして家に入ってきた総一郎はそれだけを言うと、くずおれるように、その場へ倒れてしまった。

すぐに救急車が呼ばれ、総一郎はそのまま入院した。疲労が激しく、一時は命が危ぶまれたが、再び持ち直し、待望した「退院して、家で死にたい」願いは叶わなかったものの、総一郎が死んだのは、その年を越えた一月の半ばのことであった。

〈12〉

博之のおじいちゃんの葬式には、博之の学校関係者の姿は勿論一人も見えなかった。が、博之の学校の友達らしい高校生の姿が四人、きちんと制服を着てそこに参列していた。

座敷の端から勝治は、はっきりとその姿を認めて、いつかこの四人に――いや、息子の博之を含めて五人だ、と思いながら、――その五人にいつか、おじいちゃんの遺言のことをじっくり話して聞かせてやろうという思いを胸に走らせつつ、勝治は参列の人々に深々と頭を下げつづけた。

金木犀の匂い

〈1〉

「篠田、掃除が終ったら、ちょっと話がある。」

担任の樺島先生にそう言われて、直樹は驚いたように顔を上げた。が、樺島先生はちょっと頷いてみせて、すぐ視線を逸らしてしまった。

「先生、なんの話ですか。今、ここでして下さい。」

直樹は箒をぶら下げたまま先生の側に行って頼んだ。

「いや、とにかく掃除を終らせてしまえ。話はそれからだ。」

仕方なしに直樹はまた掃く格好をしたが、心は別のところにあって、教室の掃き掃除などはもうどうでもいいような挙措動作でしかなかった。

教室の掃除当番は毎日五、六人の班が日替わりでやることになっており、班の中にはルーズな者もいたり、遊び半分に時間を潰していて、終ったとみるとさっさと帰っていく者などもいる。助けられたり助けたり。或いは、いつも助けられてばかりいる生徒もいた。だが、そんな生徒も、いつかどこかで助ける側に廻ることもあるのだろう。

「先生、話って何ですか。」

一応掃除が終ったのをみて直樹は、廊下で待っている博之に近づいてひと声かけると、
また教室に戻ってきて樺島先生に問いかけた。

教室の中にはまだ二、三人の生徒がいる。そのうちに博之と雅広も親友の様子を探りに
入ってきた。

そんな教室の状況を窺い見て樺島先生は、

「じゃ、ちょっとついて来たまえ。」と箒をロッカーにしまいながら直樹に言った。

「職員室ですか。いやですよ。ここでいいじゃないですか。」

立ち去ろうとする先生に抗議する口調で言って直樹は立ち止まった。

「いや、やはり個人的な話だから誰もいないところがいい。職員室が嫌なら、どこか別
の室でもいい。じゃ、相談室にしよう。」

「どの位かかるんですか。」

しぶしぶ従いながら直樹が訊いた。

「ほんの十分か、十五分位だ。じゃ、ちょっと待ってろ。鍵を持ってくるから。」

先生はそう言い置いて、職員室へ鍵を取りに行った。そして戻ってくると、また先にたって歩きだし、一階の生徒相談室の鍵を開け、二人は中に入った。

「さあ、ここへ掛けろよ。」

樺島先生は入口近くの椅子を引いて直樹に示しながら、自分はその向かいの、机を隔てたところの椅子に腰を下ろした。

「先生、何の話ですか。僕は急ぐんです。友達が待ってるんですから。」立ったまま直樹は言った。

「まあ、とにかく坐れよ。」

話はそれからだという態度で待っているので、直樹は仕方なしに腰を下ろした。が、腰をおろしながらも、いらいらしたようにまた問いかけた。

「何の話ですか、伊藤君のことですか。」

「いや、まあ、落ちつけよ。ゆっくり腹を割って話したいんだ。」

「僕は急ぐんです。養子のことですか。」

「まあ、そんなに慌《あわ》てるな。そんなに慌《あわ》ただしく何がどうだといったって始まらないんだ。篠田、お前とは去年もおれがお前のクラスを持って、これが二年目なんだから、少しはおれのことだって解っていてくれるんだろう。おれは命令口調でものを言うのは好きじゃないって、そんな人間だってことぐらいは解っていてくれるんだろう……？」

「じゃ、養子のことですか。」

直樹は担任の先生の優しい呼びかけに息がつまったように呟いた。

「なんだい、その養子のことっていうのは？」

樺島先生はじっと直樹の目を見つめて問いかけた。

直樹は目を伏せて、ぼそぼそと口を開いた。

「おれ……、養子だったんだ。この間、それが判ったんです。おれの父親はおれが一つの時に死んで……、それでおれは今の父と母のところへ貰われてきたんです。じいちゃんとばあちゃんですけど。」

「そうか……。」

樺島先生は俯《うつむ》いたままそう言うと、しばらくじっと黙り込んだ。

「先生、何の話ですか。養子の話じゃないんですか。」

「ああ、実は、そうじゃない、伊藤君のことなんだよ。お前ひとりだけって訳じゃないんだけど、お前たち何人かで、前の席の伊藤に、授業中に消しゴムやら何やらぶっつけてるっていう話じゃないか。」

「えへへへ……、なんだ、そんな話ですか。」

直樹はきまりの悪そうな笑い声をたてて、この場の気分をうまく治めようとしたのであった。

「そんな話ってことはないだろう。お前は伊藤の立場に立って考えてみたことはあるか。授業もおちおち受けてられないって話だぞ。」

「あんなの、冗談ですよ。ほんの遊びですよ。真剣に苛めようとしてやってるんじゃないんです。」

「そりゃ、お前たちの方にしてみればそうかもしれない。だが、やってるのは何人かであったにしても、やられてる方はいつも一人なんだよ。やられてる方の立場で考えてみたら、お前にも少しは理解できるだろう。」

「先生、やられる方だって、一人じゃないですよ。前の方の席のやつら、赤井も、河田も、森口だって、そのやられてる中の一人なんですから……。」

樺島先生はふと視線を上げて直樹を見た。

「そうか、目標は伊藤だけじゃなかったのか。そうなのか。だが、そりゃ、ますますまずいな。お前たちは遊び半分の加害者だから、何も罪の意識などないだろうが、ところが被害者の方は違うんだぞ。みんなそれぞれに自分がやられることだけが頭にあって、いやだなあって思ってるものなんだ。お前にこの理屈が解るかい。被害者意識ってのは、そんなふうにいつも孤独なものなんだ。どうしてこのおれがそんな害を被《こうむ》らなければならないのかという、自分の被《こうむ》る害にだけ損害意識を持つものなんだよ。お前にはこの話が解るか。どうだ、篠田、じっくり考えてみてくれ。伊藤だけではないとすると、赤井も河田も森口も、みんなその一人きりの被害者意識を堪えているのかもしれない。解るかなあ。」

「先生、そんなに『解るかなあ、解るかなあ』って言わないで下さい。まるで馬鹿にされてるみたいです。」

「そうか。それじゃ、話はもうすぐ終わりだ。おれは、お前を当てにして、それでお前を呼んだのだ。なあ、篠田、おれから頼むから……、お前が……、お前から、お前の仲間たち——うしろの方の席でものを投げている者たちに、もうこれからはやめるように話してくれないか。担任のかばに頼まれたって言ったっていい……。」

直樹はじっと俯いたまま動かなかった。

「さ、おれの話はこれで終わりだ。とにかく考えてみてくれ。そして、お前が自分でそうしてやろうと思ったら、ひとつそうしてやってほしいのだ。」

言い終ると樺島先生は室の鍵を持って立ち上がった。

直樹も促されるままに立ち上がり、そそくさと先生の先に立って室を出た。


〈2〉


直樹が戻ってくるのを二人の友は教室で待っていた。そして三人は教室を出て階段を下りていった。

「おい、篠田。かばの話って、いったい何だった？　おれたちのバイクのツーリングのことか。」と歩きながら雅広が尋ねた。

「いや、違う。授業中の、あの消しゴム投げのことだよ。」

「それで、かばさんは何て言ってた？」と、今度は博之が訊いた。

「やめてもらいたいらしいぜ。」

「そうか。で、誰がちくった（内密にしていたことを先生などに訴えるの意）ってか。」

「伊藤がやられてるらしいって、別の先公《せんこう》が言ったらしい……。」

「それで、お前は何て言った？」

「別に……。」

「別にって、それでお前はどうするつもりなんだ。」と、博之が直樹に訊いた。

「そんなこと考えるまでのことはねえよ。やりたきゃやるし、やる気にならなきゃやらない。それだけのことさ。」と雅広が言った。

しばらく沈黙が続いた。普段はおしゃべりで、いつも皆の気を引きつけるような冗談を言ったり、何か面白そうなことを見つけてはいたずらをするのを得意としている直樹が黙っているので、会話は弾まないのであった。

街路樹のポプラの葉が一枚、風に吹かれて地面に舞い下りた。素早くそれを見つけると、博之は二、三歩駈けて、足でそれを蹴飛ばした。もう、船橋駅の駅舎が見えてきた。雅広は、博之が蹴上げた少し黄ばんだ葉をいちはやく踏んづけた。

「おれなあ。」と直樹が言った。「かばさんには弱いんだ。あの人、いつも真面目だからなあ。それでいて、いつも、ちっとも大声で叱らないし……。」

「ちえっ、弱気になってやがら。面白くもねえな。」

雅広は今度は地面に落ちていた別の葉っぱを蹴上げながら言った。

〈3〉

雅広は総武線で東京方向へ帰る。直樹と博之は東武線だから、二人は船橋駅で雅広と別れた。

「篠田、おれはお前の考えに賛成だよ。おれも樺島先生好きだから……、ちょっと迫力には欠けるけどな。で、かばさん、お前に何て言って説教した?」

「いや、説教なんてものじゃないよ。おれは樺島さんから頼まれちゃったんだ。『お前からお前の仲間たちに、もう消しゴム投げをやめるように言ってくれないか』って。かばさんの理屈だと、被害者意識ってのはいつも閉じ籠もっているものだから、いつも孤独にひとりっきりで害を受けてると思っているはずだって言うんだよ。加害者には何の意識もなく、たとえ遊び半分であっても、被害者はそうじゃないんだってさ。」

直樹はそう話しながら、その頭の中では絶えず別のことを考えていた。それは、「養子のことですか」と二度も三度も繰り返した自分の問いかけのことであった。こちらからあれほど言いかけたのに、樺島先生はあまり関心を示さなかった。あれはいったいどういうことだったのだろう。

それに引き替え、直樹は自分の腑甲斐なさにやりきれない思いに沈められていたのだった。人にはあまり知らせたくなかったことなのに、ああして何度も口に出さずにはいられなかったというのは、まったく何という気弱だったのだろう。

「樺島先生の言いたいことがおれにも解るような気がする。」と、博之は、下車駅が近づいてドアの方に寄りながら呟くように言った。「うまく言えないけど、被害者意識ってのは、確かに自分だけに閉じ籠もっていってしまう、そんな気がする……、もしおれがそうだったら……。」

電車を下りてホームを歩きながら、会話は少し途切れたが、直樹はふと思いついたように言った。

「コーヒーでも飲んでいこうか。」

「ああ、いいよ。」と博之も同意した。

二人は改札口を出ると、駅の近くにある、何度か入ったことのある二階の喫茶店に入った。

「おれ、最近、ちょっと人生観が変わったような気がするんだ。」コーヒーを注文した後で博之が言った。

「バイクで停学になったからか。」

「いや、あんなことで変るもんか。それこそ被害者意識を持っただけだよ。」

「じゃ、なんだよ。」

「おじいちゃんの遺書だよ。」

「あの、バイクをぶっ飛ばしたじいさんか?」

「うん。あのおじいちゃんが、あれをやる前に、実は、遺書を書いていたんだ。それがすごい遺書なんだぜ。実は、おじいさんのあのスピードは、命がけだったんだ。それが、ぼくのためだったんだ。」と言って博之は祖父がバイクで暴走する前に書き遺した遺書のことを説明した。――「自分の命の果てをわたしは知っている。勝治（子）は勝治の命を生きよ。博之（孫）は博之の命を生きよ。博之よ、命を大切にしろよ。あとのことはよろしく頼むぞ。」というようなことが書いてあった――と。そしてつけ加えて言った。

「おじいちゃんは癌で、自分の命がもういくばくもないってことを知っていて、死ぬ気であんな無茶なことを、ぼくのためにやってくれた。あの夜、家に帰って、おばあちゃんからその遺書を見せられた時、おれはぞっとしたぜ。鳥肌が立つ思いって、きっとあんなことを言うんだぜ。おじいちゃん、死なないでくれって、ぼくはしきりに祈っていた。あのままおじいちゃんに死なれちゃったら、ぼくはもう生きていられなかったかもしれない。そんな気がする。」

「で、あのじいさん、それからどうしてる？」

「ん。帰ってくるとすぐ、そのまま救急車で入院して、命はとりとめたよ。まだ入院してる。」

「そうか。いいじいさんだなあ。」

直樹は考え深そうにしていたが、この場の沈鬱な空気に堪えられないようにもぞもぞしながら横に置いてあった鞄の中を探り、煙草とライターを取りだした。そして一本を抜きだすと口に銜《くわ》えて火をつけた。

博之は、煙を吐きだす友達の顔をちらっと見たが、視線が合うとすぐ逸らせた。

「お前もやるか。」

視線が合ったきっかけに直樹は、煙草の箱から一本だけ二センチほどをせりだして、その先を博之の方に向けて言った。

「うん。」と頷《うなず》くと、博之はそれを抜き取り、指に挾んで口に銜えた。直樹がライターで火をつけた。

吸い込むと、煙にむせて、博之は二、三度咳き込んだ。

それを見て直樹はにやっと笑ったが、すぐにその笑いを噛み殺して真面目な顔になった。

そして暫くじっと俯《うつむ》いていたが、呟くように言った。

「吉川、お前はあのかばさんが絶対に信用できると思うか。たとえば、人の秘密などを人には絶対に漏らさないって、断言できるか。」

「そうだなあ。断言……は、できなくても、まず、信用はできると思うよ。少なくとも、おれは、かばさんを信じてる。でも、なぜ……?」

「お前も大丈夫だよなあ?」

博之は直樹の顔を見た。この友はいったい何を言おうとしているのか、そんな疑念の顔つきであった。

「吉川。おれはな、実は……、今、お前だけにうち明けるんだけど、実は、おれは養子だったんだ。それが、ついこの間わかって、ずっとそれが頭の中にあって、だから今日、かばさんに呼ばれたんで、話はてっきりそのことだろうって思って、かばさんが話があるって言うんで、話って養子のことですかって、こっちから何度も訊いてしまった。ところが、違うんだよな。話は、伊藤に消しゴムを投げないでくれって、そんなことだったんだよ。おれは、とちっちゃった。」

直樹はぷうっと煙を吐いて、煙草を灰皿にもみ消した。

「そうか……。で、かばさん、何て言った？」

「いや、かばさんはとり合わなかったよ。聞いてはいけない話だとでも思ったんじゃねえか。」

「ふうん。」

博之は、聞いてはいけない話を聞いてしまったような、それほど深い親友の秘密を知ってしまった罪深さを思うような溜息を吐いた。

「おれは、そんな真実を、ついこの間までは知らなかったんだ。その、この間までは幸せだったのに。」

「そう……。」

博之は何と言っていいか分からなかった。この友人の身にあった不幸を知ってしまった重たさがずっしりと我が身にのしかかってきたような気がしたのである。

「おれは、どうしたらいいんだろうな。」と、直樹は呟くように言った。

「どうしたらいいかって？」

「だって、本当の親父とおふくろじゃなかったんだぜ。」

その時、博之は、直樹の家で夕飯をご馳走になったある日のことを思いだしていた。本当にいい父親と母親で、だが普通よりは少し年をとっているようには見えたが、その親子のやりとりは当の博之にさえ羨ましく思われたほどの仲であった。

「どうしたらいいかって、ぼくにもよく分からないけれど、でも……、今までどおりだと思った方がいいよ、きっと。」

「そんなことできないよ。」

直樹は断ち切るように言った。

それから二人はコップを撫でたり、水を飲んだり、灰皿の煙草をもみほぐしたり、ストローで灰皿の中へ水を垂らしてみたりしながら二時間あまりもそこにいた。

「おれなあ。」と、別れ際に博之が言った。「お前がやめるんなら、おれもやめるよ。」

「何を？」

「か、かばさんに言われた消しゴム投げだよ。」

「そうか。じゃ、な。」

「うん、それじゃ……。」

二人は別れた。

〈4〉

自分がもの心つく前からずっと自分を養い育ててくれた父と母が実は本当の父親と母親ではなかったと直樹が知ったのは、つい二日ほど前のこと——十月十七日、土曜日のことであった。その夜は、「今晩は吉成君の家に泊めてもらうよ。」と家に電話を入れて直樹は、敬治と裕と三人で雅広の家に遊びに行ったのだった。雅広が部屋に隠してあったウイスキーのボトルを開けて、ラジカセをじゃんじゃんかけながら煙草を吸い、酒盛りをした。

「おれよ、とろい奴を見ると、苛《いじ》めてやりたくなっちゃうんだよ。伊藤だろ、赤井だろ、河田だろ、森口だろ、あいつら何が楽しくて生きてんだって思うと、なんか意地悪したくなっちゃうんだ。な、そうだろ。」と、雅広が皆の同意を得ようとするように顔を眺め廻しながら言った。

「ああ、それはあるな。」と、裕。

「言える、言える。あいつら、確かにとろいもんな。」と、直樹もポテト・チップスを頬張りながら言った。

「それに、あの担任のかば島、あいつも少しとろいんじゃねえか。」と言ってから雅広は一人一人に呼びかけては各々のコップに氷を入れ、ウイスキーをどぼどぼ注いで水を足し、また各々に手渡していった。

「かばさんて、少しとろいかも知んねえけど、おれは好きだなあ。」と、コップを受け取りながら直樹は言った。「おれは去年もあいつの担任だったしよ。」

「そうだろ。お前はかばに好かれてるらしい。おれはそう睨んでたんだ。」と言ったのは敬治である。

「まあ、いいから、今晩はじゃんじゃん飲んじゃおうぜ。どうせ親父とおふくろは遅いらしいから、十二時頃に寝ちゃってれば判りはしねえよ。その頃に電気を消して静かにしてればいいんだ。」

雅広の誘いにのって直樹も他の二人とこうして初めての酒宴が盛り上がっていったのであった。若者の話は闊達自由である。制禦《ぎょ》されることが何もなければこれ以上の幸せはないと思っているかのような気儘さである。こうして勝手なことを言いあいながら、かなり酔いも廻ってきた。そんな無防備な若者たちの部屋のドアが、ノックもなしにいきなり開けられたのは、十時少し前のことであった。そこには雅広の父が立っていた。

「お前ら、おれに断りもなしに何をやってんだ。雅広。なんだ、これは。酒盛りだ、煙草の煙はむんむんだ、音楽はがんがん鳴ってて近所迷惑だ。消せ、音楽を消せ。」

「なんだよ、親父。帰ってきたのか。いきなりノックもしないで開けるなよな。」

「開けるなもくそもあるか。これが高校生のやることとか。雅広。今すぐ樺島先生のところへ電話してやるぞ。このざまは何だ。」

雅広の父親の剣幕はすごかった。息子の雅広がわずかに口を開いただけで、あとの三人は黙って聞いていただけであった。そのまま三人はこっそりと吉成家を辞したのであった。

他の二人と同様に直樹もまったく意気が揚がらなかった。

こうして初めて酒に酔った自分を両親に察しられるのが恥ずかしかった。だから二人と別れた後も、何となく無駄な時間を費やしたい思いでぶらぶらしながら電車を乗り継いで帰ってきたのであった。家の近くまで来て、そのまま家に入るのを躊躇したものの、それだからといって何処にも他処《ほか》には行き場のないままに、我が家にもこっそりと忍び込むように勝手口から戸を開けて入ったのである。見つからなければそのまま自分の部屋に行って寝てしまおうと思ったのである。

その時、父の声が聞こえてきた。

「それはな、おれは直樹の本当の父親ではない。が、しかし、血は分けているんだ。それに、何より、こいつとおれで、赤ん坊の時からずっと直樹を育ててきたんだ。今夜は直樹がいないからといって……、なあ、明彦よ、その話は、この家では一切しないって約束だったじゃないか。」

「確かにそうだ。おれが悪かったよ、憲吉さん。だが、今夜は息子がいないってことだから、ついそんな話になっちまった……。」

明彦おじさんの声に続いて、母の声も聞こえてきた。

「そうよ、明彦さん。いないって言ったって、とにかく家へ来たら、その話は禁句だってことは肝に銘じておいていただかなくてはね。」

「だれだ、直樹か。」と、その時、憲吉は声をはり上げて言った。

直樹は息さえ殺して、いっさいのもの音をたてないように佇《たたず》んでいたのであった。それなのに父がそう呼ばわったのはどういう加減だったのであろう。

憲吉は立ってきてガラス戸を開け、直樹がそこに立っているのを見つけた。

「なんだ、直樹。いつ帰ってきたんだ。」

「ただいま。」と直樹は、たった今帰ってきた様子に見られたい思いで、蚊の鳴くような声で言った。

「なんだ。いつまでもそんなところに突っ立ってないで、こっちへ入れ。明彦おじさんが来てるんだ。」

言われて直樹はおずおずと茶の間に入って坐った。

「直樹、お前、酒飲んでるな。」

父に言われて直樹はこくりと頷いた。

「まあ、まあ、いいじゃないか。うちの息子なんかも高校生の時からさんざんもうやっていたよ。さ、いっぱいやるか。」

明彦は自分のビールを飲み干すと、そのコップを直樹に突きつけ、ビール瓶を持って注いだ。直樹は注がれたコップをそのままテーブルの上に置こうとすると、

「まあ、飲めよ。」と、明彦が言った。

直樹は父の顔を見たが、父は別に頓着を持っているようには見えなかった。そこで直樹は一口だけ啜って、そのコップを置いた。

「そんな少しじゃしょうがねえな。飲み干して、おれのコップを返してくれなくちゃ。」

「はい、はい。コップね。」と言って菊江が茶箪笥を開けて取りだしているその間に、直樹はごくごく飲み干し、「ごちそうさま。おやすみ。」と言って、席を立ってしまった。

〈5〉

直樹の脳髄はぐるぐる廻っていた。酒の酔いのためか。思考回路が行ったり来たりして、何かを推し測ろうとするのだが、推し測ろうとすると燃えるように躊躇したりするのだった。――「本当の父親ではない。しかし、血は分けている。その話は、この家では一切しない約束だった。」と、確かにそう言っていた。とすると、おれはいったい誰の子なんだ。おれは、あの父親（篠田憲吉）と、あの母親（篠田菊江）の本当の子ではなかったんだ。でも、血は分けている――と、そこまで考えた時、直樹の脳裡には、自分の両親《ふたおや》の年齢があまりにも高齢であることが気になりだした。「おれたちは遅い子持ちだから。」と父は常々言っていた。だが、どうもそうではなかったらしいと、やっと気づいた自分の愚鈍さが直樹は悲しかった。

と、その時また直樹の頭には一つの閃きがあった。――あの仏壇の位牌は、あれこそ兄ではなく、父なのではないか。そして、今までずっと実の父と母として接してきた両親は、あの二人は本当は祖父と祖母なのではないか――「血は分けている。」と言った言葉も思いだされた。

仏壇の位牌は、今までずっと、年の離れた兄だと信じ込まされてきた。しかし、二十一歳も年齢が違う兄がいることを、ごく時偶は少し奇異だと感じたこともないわけではなかったが、それを父母に問い糺してみようとまでは思わなかった。それほど幸せな日々を送ってきたのであったろうか。——それにしてもひどいよなあ。いきなり「本当の父親ではないが、血は分けている。」なんて聞かされては——直樹は右手の甲で右目を拭った。それからまた、じっと天井を見つめていた。

階下で、明彦叔父が帰っていく玄関の音がした。

直樹はベッドに横になってはいたが、少しも眠くならなかった。だから、頭を澄まし、耳を澄まして考えていたのであった。しかし、どう考えていても、対象は捕えどころのないどうどう廻りでしかなかった。もう十一時半を過ぎていた。「どうしたらいいんだろう。だけど、このままでは眠れない。」どうしても眠れないに違いないという思いが、直樹の脳髄にとくとくと脈搏ちつづけていた。それはもう、このまま起きだしたい、起きだして事の真相を父と母に問い糺したいという欲求そのままなのであった。

〈6〉

階下へ降りていくと、父と母はもう布団に入って寝ていた。父はいつものように老眼鏡をかけ、腹這いになって、枕元の電気スタンドの灯りをたよりに本を読んでいた。母は横向きに寝ながら新聞をがさごそやっていた。

「直樹、どうしたの?」と、菊江は新聞紙から目を離して息子の方を窺い見た。

直樹は黙ったまま両親の布団の足元を通り抜けて茶の間に行った。

「どうしたのよ、直樹さん。」

「ん、眠れないんだ。」と言いながら直樹はちらりと父の横顔を見たが、憲吉は振り向きもせず読みつづけているのであった。

菊江は息子に呼びかける時、「直樹」と呼び捨てで言ったり「直樹さん」とさんづけで言ったりする。その両親の呼びかけの違いはただただ菊江の気分次第によるものだが、これを敢えて区別してみると、さんづけの呼びかけの方には少し間接的な、柔らかな情調がある。だから息子の返答も、「なあに、お母さん。」といった雰囲気になることが多い。が、呼び捨てで呼ばれた時は、「なんだよ。」または「なに?」といった強い調子で返してくるのであった。

〝家族〟といわれる範疇には、およそどこの家庭に於ても、どんな言葉の端々にも、こういった感情が自由に行き通える許容された範囲がある。ところで、このさんづけの呼び方は、直樹が小学生の頃はちゃんづけであった。が、中学に入って、骨格が少し逞しくなりだしたその頃からさんに移行していったのであった。

直樹は茶の間の電気をつけて、テーブルの前に坐った。

「そんな……、明かりをつけられたら、眠れないじゃないの。」

菊江が呟くようにそう言った時、憲吉も息子の方を振り向いた。

直樹はその機を見逃さずに声をかけた。

「お父さん、ぼく、話があるんです。」

「なんだ、おれに、話か。今晩はもう遅いから、明日でいいだろう。」

憲吉はちらっと菊江の方を見た。

「そうね、直樹ちゃん、明日にしたら……。今日はもう十二時になるし……。」

「いいえ、お母さん。ぼく、どうしても眠れないんです。明日まで、このまんまじゃ……。」涙がこぼれそうで、息を呑み込み、「お願いします。」と直樹は両手を畳について深々とお辞儀をした。

「そうか。」と言って憲吉はしばらく天井を睨んでいたが、やがて意を決したように布団から起きだした。そしてテーブル越しに直樹と真向かいになる位置に腰を下ろした。菊江も起きてきて、二人の横に坐った。

「さあ、話ってなんだ。」

「ぼく、さっき、聞いてしまったんです。」

直樹の態度が硬直した、あまりに退《の》っ引《ぴ》きならぬ様子だったので、憲吉も菊江も、もう覚悟せずにはいられなかったのであった。

「あなた、さっきの話、直樹に聞かれていたら、どうしましょう。」

「もう真実を話してしまった方がいいだろう。あの年になったのだから、今更隠したって仕方がない……。」

直樹が二階に上がっていた時にそんな内輪話が夫婦の間でもう取り交わされていたのだった。

「そうか。じゃ、本当のことを話そう。おれたちは……、おれも、お母さんも……。」と言って憲吉は一度言葉を切って続けた。「お前の出生に関わるこの真実を話すことに……、少しも嘘をつきとおしてやろうなんて思っていたのではないが、だからといって、何の波風もないのに、いきなり突風を吹き送ってお前の穏やかな心に衝撃を与えることも致しかねた……。なあ、落ちついて聞いてくれよ、直樹。だから、いつかその時期になったらと……、まあ、その時が来るのを恐れなかったというと嘘になるが、まあ、言ってみれば、或る種の覚悟をして待っていたんだ。本当のことを隠しているなんて、誰だって好きじゃないさ。だが、その本当のことが、虚偽よりも辛いってことだってあるんだから……、でも、まあ、それが生きているってことの証なんだから、生きていくってのも、まあ、大変なことなんだよ。」

憲吉は言い淀み、テーブルの上で両手を組み、また撫でさすったりしながら直樹の顔を見た。

直樹は正坐して、両の拳をきちんと両腿の上に並べて置きながら、父の視線に合うと、顔を俯《うつむ》けた。

「さっき、お前が酒を飲んで帰ってきたのを見た時、おれは……、法律でも、学校の規則でも、まだお前は、それが許された年齢には達していないけど、おれはあの時、何となく嬉しかった。それは何故かっていうと、ああ、もうこんな年頃になったんだなあって思ったからさ。おれは、お前がそんな年頃になるのを待っていたんだ。なあ、直樹、お前はほぼ一人前に近づいたんだ。おれはあの時、そう思ったよ。だが……、だからって、学校の規則を破っていいわけはないぞ。もう、煙草も酒も、やるなよ。」

直樹は頷いた。

「それじゃ、直樹。お前の知りたいことを言うぞ。お前はあれから二階に上がっていってどんなことを考えたか、おれには解らないけれど……、あそこに位牌があるだろう、あれが本当の、お前の父親なんだ。そして、あの位牌がおれの、本当の息子なんだ。」

憲吉は仏壇の位牌を見つめた。そしてその目に少し潤いが帯びた時に視線を逸らし、また直樹に視線を向けた。

「直樹。お前は、おれたちの本当の孫なんだ。」

潤いのある目が直樹を見てしばたたいた。

直樹は何も言えなかった。が、先刻ちらっと頭に浮かんだ実の母への思いが脳裡に焼きついて、そればかりが頭の中でゆらゆら揺れて、決して離れていこうとはしないのだった。

「お前の父親は、結構真面目な男だった。自動車で、交通事故だったが……。二十一歳の時だ。それからが大変だったんだぞ。なにしろ、じいさんとばあさんで孫を引き取って、実の子として養育しなければならなかったんだからな。」

その時、直樹は、何故か突然耳を覆いたくなってしまった。〝じいさんとばあさんの二人に養育されておれが成長したのだということはもう解ったよ。それよりも、ぼくの、本当の母親はいったいどうしたというんだ。〟じっと、より深く俯いて、それを考えていたのであった。

「さあ、直樹、解ったかい。もう、わしらも来年は還暦だ。直樹も半分位は大人の仲間入りしてきたし、もう赤ん坊の、子供の弱々しさではない。わしも、もう大安心だ。」

「お父さん。」と、その時、直樹が言った。「ぼくの本当のお母さんは何処にいるんですか。」

「そうか。やはりそれが知りたいか。だが、知ってどうする。尋ねて行くのか。それにしても、お母さんにはお母さんの生活があるよ。もう十五年も経つんだからな。」

「知りたいんです。どんな人ですか。ねえ、お、かあさん。」

直樹は菊江を思わず「おばあさん」と呼びそうになって、呑み込んで、言い直した。母という存在は何処か遠くにいるという思い込みがあって、今、身近にいるこの育ての母に救いを求めようとしたその時に、ふと口をついて出そうになった呼びかけがその言葉だったのである。

直樹は菊江から目を逸らし、顔面を紅潮させて、また俯いてしまった。

「直樹さん、いいのよ、そんなに興奮しなくたって。あなたのお母さんの居どころなんて、すぐ判るわよ。さっき帰った明彦おじさんは、あなたのお母さんの本当の兄さんなんですもの。」

〈7〉

これほどに衝撃的な出来事があったというのに、篠田家の状況は以前と全く変らなかった。変わったことはというと、直樹の心の中に何か重々しい苦悩のようなものが居坐ってしまったことである。それはどうにも取り返しのつかない過去がこの自分の中にもあったのだという悔恨のようなものである。そんな悩みはありながら、それでも直樹は翌朝、今までと全く同じに、菊江に詰めてもらった弁当を持って家を出たのであった。

学校でも、以前と全く同じに時は過ぎていった。ただ少し直樹が変わったところといえば、休み時間に友人と話す時に殊更にはしゃいでみたり、他人事《ひとごと》をさも自分事のように大袈裟に同意してみせたりしたことであった。そして、授業中にはまるで興奮したように前の席の生徒に向けて消しゴム投げの遊びに熱中した。

放課後、直樹が担任の樺島先生に呼ばれたのは、この過激さが伊藤本人に伝わっていったからでもあったろうか。その時、直樹は「養子のことですか」と思わずそれを口に出してしまったのであった。

生徒相談室で樺島先生と話し、帰りがけに博之と喫茶店で語り合った後、家に帰ってみると、家では母の菊江が心配して待っていた。

「直樹さん、今日は遅かったじゃないの。何かあったの？」

「いや、別に……、何もないよ。」

直樹は母の顔をちらっと窺った。その顔が今までとは違ってばかに年寄りじみて見えたことに、直樹は何故とは知れぬ悲しみに捉えられたのであった。そのまま直樹は二階へ上がっていった。自分の悲しさが母に知れるのが嫌だったからである。

いきなりベッドに寝転んで天井の合板の抽象模様を見つめながら直樹は、ぼんやりと、自分の命はどんな運命の中に置かれていたのかを思いみた。〝父は死んだ。母は生きている。それならおれは、その母とともに何故いられなかったのか。それで、これからどうしたらいいのだろうか。その母を尋ねて行って、その母と一緒に暮らせることになるのだろうか。〟その時、博之が言った「でも、今までどおりだと思った方がいいよ、きっと。」という言葉が脳裏に響いてきたのであった。

〝だけど、おれは、きっと、今までどおりではいられないよ。あれを知った時からおれはもう今までどおりではなくなっちゃったんだ。〟

直樹は自分で自分をどうしたらいいか解らなくなってしまった。

〈8〉

「ぼくはどうしたらいいんだ。ねえ、お母さん。………、おれは何だか解らなくなってしまった。あなたのことも……、今はお母さんて呼んだけど、本当はおばあさんなんでしょう。それじゃ、ぼくは、本当は、あなたを何て呼んだらいいんですか。」

しばらくの間はベッドで横になっていた後に直樹は階下に降りていって菊江にそう問いかけた。

「直樹さん。昨夜のことは、それはあなたにはひどい衝撃だったでしょうけど、あのことをあまり深く思ってはだめよ。真実は昨夜のとおりですけど、事実は、あなたが育ってきた、この家庭そのものが事実なんてすからね。それは少しも曲っていないわ。だから、できることなら、わたしは、今までどおりにお母さんて呼んでほしいわ。そのつもりで、わたしも、お父さんも、あなたに接してこうして日々を送ってきたのですもの。」

「今更そんなこと言ったって……、ぼくの本当のお母さんは、別にいるんでしょう。何処かに生きているんでしょう?」

「ええ、いるわよ。ちゃんと生きているわ。」

「それじゃ、その人がぼくのお母さんで、お前はおばあさんじゃねえか。」

高校二年生になった最近の直樹は、自分の気に入らないことがあったりすると、菊江を「お前」と呼んだり、ひどい時には「このばばあ」と呼んだりすることもあったのだった。それは自分が日常接してきた女親に対する単なる甘えにすぎなかったが、真実を知った昨夜以来、初めて発した「お前」であった。

「ええ、そうよ、真実はそうよ、おばあさんよ。」と菊江は言って後をつづけた。「で、それで、どうするの？　これからは、わたしをおばあさんて呼ぶの？　そしてお父さんをおじいさんて呼ぶの？　わたしはそれでもいいけど……。」

菊江は自分が「お前」と言われたことに少しも拘泥していないような言い方で直樹に対応した。この言葉を使われると、時々は怒ったり、宥《なだ》めたりしたこともあったのだが……。

「それじゃ、どうする、ばばあ、じじいって呼んだら？」

言われて菊江はじっと直樹を見つめた。その目にはうっすらと涙さえ浮かべて、しかし視線は逸らさず、諄々《じゅんじゅん》と説き聞かせるように言うのだった。

「それなら、あなたに、出て行っていただくわ。直樹さんだって、もうほとんど一人前なんですもの。おじいさん、おばあさんて言われるのなら、それが本当のことだから、まあ仕方がないけれど、じじい、ばばあは明らかに侮辱語ですもの、それではわたしたちの家庭にはいられないわ。ねえ、そうでしょう、直樹さん。一つの家の中で一緒に暮すのに、いつも不愉快な思いでいなければならないなんて、そんなの不合理だわ。あなたももう大体は大人になったのだから、もう一人でも生きられると思うと、わたしたちの務めも終ったようなものだし……。」

「そうか。それじゃ、おれが本当の母親のところへ行く、そして、あっちで一緒に生活するって言ったらどうする?」

「ええ、それもいいでしょう。」

菊江は会話をそこでうち切るように直樹に背を向けて、また流し台に向かった。そしてほうれん草を切ったり、魚の腸《はらわた》を抜きだしたりして夕食の仕度をまた始めたのであった。

直樹は考え込みながら、また二階へ上がっていった。そして、ベッドで少し眠ったようであった。

「直樹さん、ご飯よ。」と呼ばれた声で目覚めて起き上がり、階下に行ってみると、憲吉はもう帰っていて、普段の和服姿で、もうテーブルの前に坐ってビールを飲んでいた。

「お帰りなさい。」直樹は小さな声で言った。そしていつも自分の席に決められている場所の椅子を引いて腰をかけた。

「直樹、さあ、一杯どうだ。法律ではまだ禁止されてるけど、家の中でならいいだろう。」

憲吉はビールを持って勧めた。

直樹はテーブルの上の、自分の目の前にあるコップを持って受けた。

「さあ、乾杯しよう。お前のお母さんに、だ。」

言われるままに直樹はコップを上げて、父のとすり合わせた。

憲吉は一口で半分ほど飲み干すと、コップを置いて、言った。

「直樹。お前、会いたければ、お母さんの所へ行ってこい。くよくよして、いつまでも考えているのがいちばんいけないのだ。とにかく、お前が行って、会ってこい。話はそれからだ。なあ……、お前のいちばんいいようにしてやりたいってのが、わしら、このお父さんとお母さんの考えなんだ。さあ、わしにも注げ。お前は半分大人になってきた。わしらはお前を信じているよ。」

憲吉はそう言ってまた直樹のコップにビールを満たした。直樹はほんの少しコップの上ずみを啜り、食事もなんとなく遠慮がちのように、それでも菊江に言われるままにお代わりをして、食べ終ると、またこっそりと二階へ上がっていった。

〈9〉


翌朝、直樹は実母の住所・氏名・電話番号と、その下に最寄り駅からの地図を描いた紙片を父から受け取った。「お前の都合のいい時に、いつでも尋ねて行ってみるといい。この、北柏というのは、東武線で柏まで行って、千代田線に乗り換えるとひと駅だ。駅からは歩いて十五分位かな、なあ、母さん。」

「ええ、そうね。わたしだと二十分位かかるけど、直樹さんは足が速いから……。」

「手賀沼のすぐ側だから、空気のいい所だ。わしが今日電話しておくから、今日の帰りだっていいぞ。わしらには、何も遠慮することはない。が、ただ、生みの母親に会ったからって、興奮してはいけないぞ。なにしろ、もう十五年も経っている。お前の実の母親だからって、一人の女にすぎないんだ。あっちには子供が三人いる。お前の弟と妹だ。」

直樹はその紙片を見つめ、折り畳むと、素っ気なく学生服の内ポケットに押し込んだ。しかし、紙片には「飯島葉子」と書かれていた。直樹の脳髄はときどき熱くなるのだった。しかし、それから一週間ものあいだその紙片は直樹の内ポケットにあって、思いだすと熱くなり、またいつか忘れて、冷めたりもしたのだった。

「なんだ、まだ決心できないのか。どうも仕方のないやつだな。だが、とにかく、いつまでもそんな宙ぶらりんじゃやりきれんだろう。わしが今日、先方へ電話しておいてやろうか、明日、直樹が行くからよろしく頼むって……。」

「……。」

直樹は返事ができなかった。父の指図で行動するようなことはしたくないという思いがありながら、こうして十数年ぶりの（それは初対面といってもいいような）実母との再会であってみれば、自分一人で実行するのはとても気が重い。そんな勇気がでるかどうか、直樹自身にも分からなかった。

そして結局は、直樹は、父のとってくれた指図で、「日曜日の正午頃に来るように。皆でお昼ご飯をするように待っている。」との約束で、実母に会いに行くことになったのである。

〈10〉

父の描いてくれた地図を頼りに歩いてきてみると、いつの間にか直樹はもうその家の前に立っていた。「飯島英三郎」と書かれた表札を見て、直樹はどうしていいか分からぬほどの胸の動悸を感じたのであった。

腕時計を見ると、約束の時間にはまだ十五分も間があった。電車の乗り継ぎもスムーズに、それなのに歩調は多分せっかちに此処まで歩いてきてしまったのであろう。

その早すぎた時間が後めたいような気がして、呼び鈴を押すのもためらわれて、直樹は家の周辺を歩きだした。五、六メートル歩くと、かなり大きな川が流れていて、父の言った手賀沼はまだ少し遠くにあるようであった。そのゆったりした汚い川の流れを見ながら進み、戻ってくると、途中に、人の足に踏まれたらしく押しひしゃげられた蟷螂《かまきり》の死骸が道にへばりついて落ちていた。空を見上げ、また飯島家のある方角に目を移すと、丈の高い丸みを帯びた緑の中に橙色のぽつぽつした花のようなものがいっぱいについた木があった。それが何の木であるか直樹には分からなかったが、それは母のいる飯島家の隣の家の庭にあるらしかった。

呼び鈴を押すと、インターホンからは女性の声が応じたが、玄関を開けて跳びだしてきたのは、小学校低学年位の男の子であった。

「おにいちゃん。直樹おにいちゃんだね。」と、その子が何度も激しく頷《うなず》くようなふりを繰り返しながら叫ぶように言っているその間に、痩《や》せて肩骨ばかりが出張った女が出てきて、

「まあ、いらっしゃいまし。大きくなったこと。」と言った。

「さあ、さあ、お上がり下さいまし。どうぞ、どうぞ、ご遠慮なく……。」

言われるままに直樹が上がっていくと、茶の間のような小さな客間に、飯島英三郎だろう一人の男と中学生位の男の子と小学校高学年位の女の子がテーブルに向かって坐り、それぞれに直樹に視線を向けているのだった。「こんにちは、おじゃまします。」直樹は立ったまま言った。

「おお。まあ、坐れよ。」

「まあ、まあ、よくいらっしゃいましたわねえ。」

葉子は英三郎のぶっきら棒な言い方をとり繕おうとでもするかのようににこにこ笑いながら直樹の席を示すのであった。

床の間の前には英三郎、隣に葉子、向かいには三人の兄弟姉妹。直樹の席はテーブルの

その横の面であった。

直樹は言われるままに座布団に正坐した。

「それじゃ、紹介しよう。こいつが長男の英一、そしてこいつが長女の時枝、こいつが次男の秀治だ。みんなお前の兄弟だ。よろしくな。」

三人はそれぞれに頭を下げた。

「でも、まあ、本当によくいらして下さいましたわねえ。わたし、直樹さんはどんなに成長なさってるかって、そればかり思っていましたのよ。」と言って葉子はちらっと英三郎を窺い、「お父さんや子供たちにはめったにこんなこと話しはしませんでしたけど……。さあ、どうぞ、膝をくずして、今日はゆっくりして、召し上がっていって下さい、何もありませんけど……。」

「さあ、じゃ、食べようか。」

英三郎は子供たちに促して、自分もお椀の蓋を取って、一口啜ってみせた。

「さあ、直樹さんも召し上がってね。」

葉子に言われて直樹も椀の蓋を取り、一口啜り、食べ始めた。

食べながら、別に何の話でもなかった。どんなものが好きか嫌いか葉子が尋ねると、直樹が考えている間に、「うちの子は誰も、何の好き嫌いもなく食べる。そうだよなあ、お前。」と、英三郎が言う。

「ええ、そうね、家はお父さんが厳しいから。」

そんな時、箸先を口につけたままもぐもぐしながら、末弟の秀治が突然、口ごもるように言ったのだった。

「お兄ちゃん、今日は何しに来たの？　お兄ちゃんは本当にぼくたちのお兄ちゃんなの？」

直樹は黙ったままその子の顔を見た。その子は目をきょろきょろさせて返答を待っていた。

「秀治ちゃん、忘れちゃだめじゃないの。今日は、お兄ちゃんは、あなたたちに会いにいらっしゃってくれたのよ。さっき言ったばかりじゃないの、あまりおしゃべりはしないって。」

「でもさ、お兄ちゃんは、どうして今まで、ぼくたちの家にいなかったんだろう。」

その時、突然、長男の英一が怒鳴った。

「秀治、うるさい。お前は黙ってろ。」

「まあ、まあ、賑やかねえ。直樹さん、気にしないでね。うちはいつもこんななんだから。」

葉子は困ったように直樹から英一へ、そして英三郎へと視線を移動させた。

「直樹君、どうだ、お母さんに会えて幸せか。」

雑然としたこの場を取り繕おうとしたのか、英三郎が直樹に問いかけた。

「ええ。」

返事のしようのないままに直樹はそう言って俯いてしまった。

食事が終ると、待っていたかのように英一が席を立ち、その兄の後を追って秀治も駈けていった。時枝はぴったりと葉子の側に寄って、お隣の家の猫が産んだ子猫の話をしている。英三郎だけが殊勝に直樹の学校でのことや家庭のことなどを聞いてくれるが、それさえ直樹にはこの場の重苦しさを増す材料でしかなかった。

食事をご馳走になってすぐに帰るのでは失礼になると、母からそんな話を度々聞かされたことを思いながら直樹はやっと三十分かそこいらを堪えていて、ついには居ずまいを正して、「お母さん。」と呼びかけずにはいられなかったのであった。

「なあに。ゆっくりしていっていいのよ。」と葉子は言った。

「ええ。でも、ぼく、帰ります。」

「そう。じゃ、またいらっしゃいな。ご自分のお家だと思って、遠慮なく来て下さいね。

お母さんも、あなたが元気でいると分かって、とっても嬉しかったわ。」

直樹は挨拶をして家を出た。葉子と時枝はいっしょに玄関の外まで送りに来たが、英三郎はそこに坐ったまま座を立っては来なかった。英一も秀治も出ては来なかった。こちらからは誰も呼び声を発しなかったので、帰るもの音も聞こえなかったのかもしれない。


〈11〉


直樹は足早に小路を曲り、ぐーんと空を見上げた。空には雲が激しく流れていた。その時、直樹の鼻にとても強い花の香りが伝わってきたのだった。探して見ると、そこには細かな黄色い花をつけた、かなり丈の高い木が一本見つかったのである。

〝この匂いは決して忘れないだろう。〟と、そう思った時、直樹の目には急に涙がこみ上げてきたのだった。〝あの母と妹が話しあっていた子猫のいる家というのは、あの木があるあの家のことだろうか。〟歩きながら直樹はそんなことを思っていた。

〝ぼくの本当の母はあそこの家に住んでいるんだ。〟と直樹が胸の澱みをもう一度確かめたのは、北柏の駅舎が目前に見えてきた頃であった。そしてあの匂いの強い花が金木犀という名前であると直樹自身が知ったのは、それから間もない後のことであった。

憂いの奥山

〈1〉

一時間目の授業が始まって間もなく、九時少し過ぎに教室から呼び出されて職員室にやってきた面々は、佐山敬治、篠田直樹、山内裕、吉川博之、吉成雅広の五人だった。五人はそれぞれ職員室の中に、お互いに会話ができないほどの距離をおかれて椅子に坐らされた。敬治と直樹と博之と雅広は同じクラス、裕だけは別の教室から呼び出されてきたのだった。

遠く離れているので、お互いに会話はできないものの、先生たちの雰囲気がただ事ではないので、これはよくない兆候だということだけは五人が五人とも感じていたが、さて、この五人が同じ事由で校則を犯しているとすると、いったい何だろう。以前はこの仲間たちでバイクを飛ばしたことがある。が、博之はバイクで無期停学になった後に祖父の命がけのツーリングで戒められて、それ以来はバイクには乗っていない。それに、バイクに関しては、裕はまったくただの一度も参加してはいない。吉成家で酒盛りした時には、雅広、直樹、敬治、裕の四人だけで、博之は加わってはいなかった。即ちこの五人が共通の校則違反で処分されることは、五人が五人とも思い当たる節がまったくないのだった。

事情聴取は、五人それぞれに別室に連行されて行われた。

ここでは雅広に対する取り調べの模様を窺ってみよう。雅広は、生徒たちからはオオカミと呼称されている体育の鍋島先生に、職員室の隅にある小さな個室に連れて行かれた。

「吉成、お前は十月十七日の土曜日の夜は、どこで、何をしていた？」

「坐れ」と言われた椅子に腰を下ろして、向き合いになると、鍋島先生はいきなりこう切りだしてきた。

「十月十七日ですか。ええーと、それは……。」と、少し考え込むふうをすると、

「先週の土曜日だよ。とぼけるなよ。」と、すぐさま鍋島先生は顔をつき合わせんばかりに近づけて睨みつけながら言うのだった。「どうせ嘘を言ったってバレるんだからな。五人もいれば。割れてくるに決まってるんだ。お前たちみたいな不真面目者同志の友達づき合いなんてのは、どうせすぐにひび割れるに決まってるんだ。仲間を被おうとすればするだけ、そいつが馬鹿をみることになってるんだ。」

そう言われて雅広は内心でむっとした。が、それを顔色に出さないように、おずおずと

下を向きながらこう言った。

「別に……、なにって……、ずっと家にいましたけど。」

「家にいた。そう、それは確かだな。だが、家にいて、何をしてた？　誰といた？」

「一人で、別に……、何をしていたって……、テレビを見たり、本を読んだり……。」

「嘘をつけ。一人で、テレビを見てたって？　それが嘘なんだよ。嘘。おれには判ってるんだ。嘘はつくなって、さっき、おれが言っただろ。いいかげんなことは言うな。」

どんとテーブルが鳴った。それがオオカミの脅しと言われる、生徒たちに知られた最初の兆候であった。

雅広はその音に驚いて顔を上げると、いきなりその胸倉をつかまれていた。

「おい、ちゃんと情報が入っているんだぞ。それをあくまでも嘘をつき通そうとしたりすると、おれは、お前を、学校をやめさせることだってできるんだよ。」

胸倉をつかまれて、テーブルの上に半ば上半身を引き上げられていた雅広は、いきなりその手を放されて、また椅子の上に腰を落ちつけた。そして、目を白黒させた。

鍋島先生はそんな雅広の様子を見ながら、今度は静かな声になって、言い諭すような口調で言うのだった。

「なあ、おれはこんな手荒なことをする気ではなかったのだ。ただ、お前が、自分から、もっと早く、この間のことを、先週の土曜日のことを、お前自身で正直に言ってくれれば、こんな、お互いに嫌な、刑事みたいなやりとりをしないでもすんだんだがなあ。じゃ、おれの口から言ってやるよ、お前が自分で言えないのなら。どうせ、お前の仲間たちからちゃんとした証言が得られるはずだから……。十月十七日の土曜日の夜、お前の家に五人のグループが集まって、酒盛りをしたじゃないか。なあ、ウイスキーの水割りを飲んだじゃないか。どうだ、それに間違いはないだろう。」

じっと顔を見つめながらそう言われて、雅広は堪えきれなくなって視線を落とした。その仕草を同意と見られたのだろう、鍋島先生はワラ半紙と鉛筆を取りだすと、雅広の前に差しだして、こうつけ加えた。

「そうか。そういうことだな。じゃ、その事実をこの紙に書きたまえ。さあ、鉛筆を持って。『十月十七日土曜日の夜』と……、何時頃だ? 皆が君の家に集まってきたのは?」

言われた通りに雅広は『十月十七日、土曜日の夜』と紙に書いた。

「さあ、その先を書いてみな。夜、七時頃か?」

雅広はまたちょっと考えるふうをして、『七時頃』と書きたした。

「そうか、やはり七時頃から始まったのか、その宴会は？　ところで、誰と誰たちだ、その集まった仲間たちは？　佐山と篠田と山内と吉川か？」

しかし雅広はもうそれ以上は書こうとはしなかった。ただ気怠《けだる》そうに鉛筆を持って、俯《うつむ》いているばかりだった。

「そうか。わかったよ。おれがいると、やはり書き難いんだな。よし。じゃ、三十分位したらまた来るからな。それまでに、ここに、ありのままを書いておくんだぞ。どうせ、皆、名前まであがっているんだから、正直に書いた方がいい。じゃ、がんばれよ。正直に、ありのままだぞ。」そう言って鍋島先生は室を出ていった。


〈2〉


狭い室に一人取り残された雅広は腕時計の秒針が微かな揺れを残すようにしながら着実に秒を刻んでいく運びをぼんやりと眺めつつ、あの一件がどうして学校に知れることになったのかを考えた。その時、先ず浮かんできたのが自分の父親の顔であった。

あの日、「帰りは一時すぎになってしまうかもしれない」と言っていた父と母は十時前に帰ってきた。そしていきなり雅広の部屋のドアを開けて、「何だ、このざまは。今すぐ樺島先生のところへ電話をしてやるぞ。」と怒鳴ったのであった。その父の背後に母の姿もあったことを雅広は思いだした。

〝おれたちを学校にちくった（内密にしていたことを先生などに訴える意）のが父だとすると、おれが皆を裏切ったことになる。そんなことだったら、おれは学校をやめてやるんだ。そして、ふうてんになってやるぞ。〟それが息子を裏切った父親に対する唯一の復讐であるように思うのだった。が、そんな雅広の脳裏に、ちらりちらりと、あの時、父の背後にいた母の姿も浮かぶのだった。〝まさか母ではないだろう。まさか母ではないだろう。〟と、雅広の脳の裏側では、そんな思いがちらちらと揺れたりもしたのだった。

〝オオカミがあれほどにがなりたてたのだから、あの夜のことはもう学校に知れているのに違いない。けど、どうしても、おれは、人のことをちくることはしないぞ。〟

時計の長針は、いつの間にか、鍋島先生が出ていってから、もう十八分から十九分の方へ動きだしていた。そして秒針はまたひと巡りし、また次のひと巡りへと着実に動き続けている。〝「三十分たったら戻ってくる」と言った、その時までに、この紙に何か一行でも書いておかなければならない。〟そう思って雅広はまた鉛筆を持って考え込み、書きだした。

『七時頃から九時頃まで、ぼくは自分の家で、父と母がいない留守の間に、ぼくの部屋で、ウイスキーの瓶の蓋をあけ、氷と水を用意して、水割りを作って飲みました。』
〝煙草を吸ったことはどうしようか。〟〝父に、見つかったことはどうしようか。〟と考えたが、〝そこまではあのオオカミさえも言わなかったのだから、余計なことは一切書かないようにしよう。〟と思い定めて、そのまま鉛筆を置いたのだった。

〈3〉

「どうだ、出来たかい?」と鍋島先生がやって来たのは、言い置いていった「三十分」をほんの三、四分過ぎた頃だった。「おお、書いたな。」と、鍋島先生はその紙を取り上げて目を通すと、こうつけ加えた。「だが、これじゃ、まだ不十分だな。その時、お前の家に誰と誰がいたのか、これでは判らないじゃないか。ほかの者たちは書いているぞ。佐山も篠田も吉川も、山内も、みんなお前の名前まできちんと書いてあるぞ。お前の部屋で、佐山と篠田と山内と、それに吉川もいたと書いてあるぞ。さあ、ここにその名前を書くがいい。そうすれば今日は解放だ。」
誘い込むように、オオカミと渾名される鍋島先生がどんなに優しく言いかけても、雅広はもう鉛筆を持とうとさえしなかった。

「さあ、吉成、どうしたんだ。どうせ皆が書いているんだから、お前も書けばいい。さあ、『その時』と書くんだよ。『一緒に、ぼくの家でウイスキーを飲んだのは、吉川と佐山と篠田と山内です。』と。そうすれば全員一致で、お前も釈放だ。」

しかし、どんなに言われても、雅広はもう書こうとはしなかった。

「おい、どうしたんだ。皆が書いているのに、お前だけはそれが書けないのか。」

「ええ。」と、雅広は頷いた。

「何故だ？」

「皆が書いても、ぼくは書きません。」

「何故だ？」

「ぼくは、人の名前を書きたくないのです。誘ったのはぼくだからです。」

「そうか。よし。じゃ、『ぼくが誘いました。』と書け。」

雅広はそこでやっと自分の失言に気づいた。「誘った」と言ってしまった以上は自分一人だけの行為ではなく、友達も一緒だったことを白状したことになる。だが、一度言ってしまったことはもう取り消しようがないのだった。

「さあ、早く終わりにしようじゃないか。友達の名前を書きたくないというのなら、おれも大目に見てやろう。まあ、書かなくてもいいとしよう。犯罪を犯した被告人にも黙秘権というのがあるからな。だから、それはおれも認めようじゃないか。だが、さっき言ったひとこと『ぼくが誘いました』だけは書かなければいかん。」

何度もそう言われて雅広は、仕方なく観念して、その一行を書き加えたのであった。


〈4〉


「よし。それじゃ、いいとしようか。では、教室に戻って、帰りの仕度をして、鞄を持って、また職員室の前に来なさい。」

雅広はその室を出て、職員室から出ようとすると、また鍋島先生に呼び止められた。

「教室では他の者といっさい口をきいてはならんぞ。」

「はい。」と頷《うなず》いて、職員室を出、階段を上った。

二年三組の教室は二時間目の、担任の樺島先生の授業中であった。生徒たちの私語さえ廊下まで聞こえるほどで、それを圧えるような先生の声が、『伊勢物語』でも読んでいるらしく、「限りなく遠くも来にけるかな……。」などと聞こえてくる。

雅広はその声を聞いて、何故かほっとしながら教室のドアを開けた。

「おお、吉成か。どうした？」

「帰りの仕度をしてこいと鍋島先生に言われました。」

「うん、そうか。君も酒を飲んだか。困ったことだな。で、吉川はどうした。」

「吉川君、まだ来ませんか。」

「ああ、篠田と佐山は来て、帰ったけどな。」

雅広はそれには応えずに、机の横にしゃがんで、鞄に授業道具を詰めながら、

「篠田と佐山は何時頃に帰った？」と周囲の級友に訊いた。

「篠田はもう大分前、佐山は十五分位前かな。」と、誰かが言った。

帰りの仕度が出来て立ち上がると、樺島先生が側に寄ってきてこう言った。

「あとの心配はするなよ。おれも頑張るだけは頑張るが、なるようにしかならない、それが世の中だ。お前だって、あとの心配だけをただしていたって、どうせ後悔は先に立たずだ。学校には学校の決まりってのがある。やってしまったことは取り返しようがない。仕方がないさ。現在をしっかり生きて、より良い未来を考えようじゃないか。」

呟くようにそう言いながら樺島先生は雅広を教室から送りだした。

〈5〉

職員室前で待っていると、間もなく鍋島先生が出てきた。

「処分が決まるまでは、とにかくお前は謹慎中の身だから、家から出るのも、友達に電話をすることもしてはいけない。担任の樺島先生から電話があるまでは、じっと反省しながら待っていなさい。寄り道せずにまっすぐ家に帰るのだぞ。自分がやったことはしっかり観念しなきゃいかん。」

雅広はすごすごと学校を後にした。

〝いったいどうしてあのことが学校に知れたのか。親父か、おふくろか。それとも仲間のうちの誰かだろうか。〟と、脳裏では忙しく思い続け、その上、この自分の身に関してさえ、どんな処分がなされるのかと考えると、我が身さえこの場に消え入りたいほどにどうしようもない肉体に思われるのであった。

同じクラスではない裕だけはまだ解放されていないのか、それとももう帰ってしまったのか、雅広には判らなかったが、同じクラスの博之だけは確かにまだ教室に戻っていないという。博之はあの酒盛りの夜には参加していなかったのに。それに、博之には、それ以前に、バイクに乗ったという廉《かど》での無期停学処分がなされている。その博之に、何かの件でまた罰が加われば、今度こそは退学ということになってしまう。

学校の規則では、飲酒だけでも退学になる決まりになっている。しかも、実際のところ、酒を飲みながら煙草も吸っていたのだから、それだけで自分たちには退学の処分もあり得る。そうと分かってはいながら、雅広には何故か博之の身が案じられるのであった。あの場に博之はいなかったのに、いったいどうしたことなのかと、雅広はそのことを考えていたのだった。

〝だが、おれたちをちくったのは誰なのだろうか。〟

そんな思いをいろいろに思い廻らしながら雅広は我が家まで帰り着いたのであった。

〈6〉

団地の四階にある吉成家は、昼は留守宅である。父も母も勤めに出ているから、中学生の妹か、雅広かが先に帰宅して、それから二時間ほどして母親の敏子が帰ってくる。だが、今はまだ午前中のことだから、妹だって帰ってはいない。四階までの階段を上がると、コンクリートの通路を歩き、四つ目の鉄扉が吉成家の入口である。雅広はその扉を開けて家に入ると、まっすぐ自分の部屋まで進み、そこにあるベッドの上に学生服のままで横になった。そして、うとうとと眠ったようである。昨夜は渋谷まで行ってディスコでじゃんじゃん踊ってきた後なので、その疲れと睡眠不足もあって、眠りは心地よく雅広を無意の底までも誘い込んだのであった。ふと目覚めて現実に戻り、腕時計を見ると、もう二時過ぎであった。

台所へ行ってカップラーメンを食べ、ふと思いつくことがあって、茶の間にある電話機の前に立ったのだった。

「謹慎中は外出は勿論、友達に電話をすることもしてはいけない。」と言われたことを思いつつ、それでも雅広はダイヤルを廻したのであった。

「もしもし、佐山ですが……。」

思った通り、それは敬治の声であった。

佐山の家も団地住まいで、両親とも勤めている。だから多分本人が出てくるだろうと考えたのは間違いではなかった。

「おれ、吉成。悪かったな、おれが誘ったから……。」

雅広は、今日の処分の原因となった、皆を自分の家に招いた酒宴のことを言ったのだった。しかし、敬治は、「いや、そんなこと……。」と言ったきり黙り込んだ。

「分かってるよ。電話もしちゃいけないって言われたことだろ。いいじゃねえか、そんなこと。で、お前、今日一緒に呼ばれた皆がどうしたか知ってるか。篠田と山内と、それに吉川はどうしたかなあ。吉川はあの時いなかったのになあ。」

「うん。」と、敬治の返辞は短かった。

「吉川はバイクで無期停くってるから、今度何かがばれれ（隠していたことが露顕すること）ば退学だろ、おれ心配してんだよ。今度の酒盛りは関係ねえのに、なんで吉川が呼ばれたんだろう。ちくったのは誰だか知ってるか。」

「いや……、おれも一人で帰ってきたから……。」

この時、受話器を持っていた雅広は、一つの疑問が解けたような気がしたのだった。それは、〝ちくったのは自分の父か母かもしれない。〟と疑っていたのは間違いだったに違いないという閃きであった。〝父か母かが訴えたのだったら、吉川の名が上がってくるはずはない。もっとあやふやなことを言った誰かがいる。〟と思ったのであった。それはほんの一瞬に浮かんだ思いつきのようなものであった。

「で、お前。煙草を吸ったことも言っちゃったんか。」

「言わねえよ。」

「まさか、吉川のことは言わなかったろうな。」

「もちろんだよ。」

「そうか。今度呼ばれたら、おれが主犯だって言ったっていいぞ。」

「そんなこと……。」

「でも、ちくったやつが仲間うちにいたとしたら面白くねえな。」

「ああ……。」

「そんな、しょげた声だすなよ。みんな吉成が悪いんだって、そう言ったっていいんだからな。」

「そんなこと言わねえよ。」

「そうか。じゃ、な。元気だせよ。」

そう言って雅広は電話を切った。


〈7〉

その後、雅広は、直樹とも博之とも電話で話すことができた。が、裕だけは、電話口にその母親が出てきて、「裕への電話の取り次ぎは致しません。」と、強い口調で断られてしまった。雅広が心配していた博之のことは、かなり長い時間をかけて三人の先生から交る交る問い質《ただ》されはしたが、結局は嫌疑が晴れて解放されたのだという。逆に慰めを言ってくれた親友の声で少しは救われた思いだった。

「雅広。雅広。」と呼ぶ母親の声でベッドから起き上がり、茶の間へのっそりと顔を出すと、

「雅広、お前は、学校はどうする気なんだい。」と、敏子は電話機の汚れをティッシュ・ペーパーでごしごし拭きながら、そして時々息子の顔を見上げては言うのだった。

「どうするって、だめならやめるよ。」

「当たり前だよ、そんなこと。だめならやめるに決まってるじゃないか。どんなに『続けさせて下さい』って言ったって、学校が『やめろ』って言ったらやめなきゃなんないんだよ、まったく……。お前は、家でやった酒盛りのことを、いい気になって、また、誰かに言いふらしたりしたんだろう。」

「そんなことするわけないじゃないか。もしかしたら親父か、おふくろじゃないかって、さっきまで疑ったりしてたんだ。」

「ばかだね。父ちゃんだって、そんなことするわけないじゃないか、自分の息子を。何のために学校に行かせてるんだい。お前の友達の中に、信用のおけない奴がいるんじゃな

いのかい?」

「ちくしょう、面白くねえ。」

むっつり黙り込んでいた後に怒鳴り散らすように言って、雅広は拳で壁を叩いた。壁は少し崩れて、二、三箇所凹みができた。

「家に当るんじゃないよ、まったく……。馬鹿なのはお前自身なんだから。」

雅広は黙って、また自分の部屋に引き上げた。

先刻電話が鳴って、母親が話していたのも、その前に母親が帰宅したのも、ベッドに横になりながら雅広は音を聞いていて知っていたのであった。

〝酒なんて、大人はみんな飲んでいるじゃねえか。煙草だって大人は吸っているのに、大人には処分はないのに、おれたちは処分されるなんて、そんなのおかしいよ。〟

〝退学になるのかなあ。〟という思いに脳の中があちこち刺激されて、雅広は自分の行為をなんとか正当化しようとする憤懣《ふんまん》に悶えながら、世の中の仕組みについて考えるのであった。

〝学校なんて、なんであるのだろうか。〟〝先生はなんで生徒たちの上に君臨するように、いつも「してはいけない」とか、「しなければならない」とか言うのだろうか。〟〝人間はみんな平等なんていうけれど、平等なんてどこにあるんだろう。頭のいい奴もいれば、おれみたいな奴もいる。〝先生と生徒というだけで、もう平等なんて糞《くそ》くらえだ。〟〝喧嘩の弱い奴もいるなあ。〟と思うと、雅広はそんな不平等に頬笑まれたりもするのだった。

それにしても、もし学校をやめさせられたら……、と考えると、自分は明日からまったくの一人きりになってしまうような気がして、限りなく不安な気持に陥れられてもくるのであった。

〈8〉

『吉成雅広宅に於ける酒盛り事件』に関する職員会議は、十月二十七日（火）の放課後に開かれた。いつものように司会役の岡本教頭が開会を宣言し、生徒指導主任の大場先生が事件の概要を説明した。

「お手元のプリントを見てもらえば分かっていただけると思いますが、それでも一応は説明をしますと、この事件の発覚は、十月二十四日、先週の土曜日の夜、九時頃に、山内裕の父親から、山内の担任であります鍋島先生に電話がありまして、息子の最近の素行の悪さには困っているとの相談がありまして、その後に、実は……、と言って打ち明けられたのが、そもそも、この事件の〝発覚〟ということになります。そして昨日、十月二十六日の一時間目にそれぞれの生徒を職員室に呼んで事情を聴取しましたところ、次のようなことが判明しました。それも、このプリントの〝事件〟のところを読んでいただければ、分かっていただけると思いますが……。」

大場先生はプリントを読み上げるようにして説明を開始した。

先生方はそれぞれに手元の印刷物に目を通し、裁定の成り行きを考えている。

プリントの末尾には、学校運営委員会の裁決の結果が載っている。それによると、吉成雅広――退学八　無期停学八　――佐山敬治と篠田直樹の二人は同等扱いで退学六　無期停学十　山内裕――退学一　無期停学十五となっている。そして「参考」として「吉川博之」の名前が書いてあった。

「そして、この裁決に関して申し添えますと」と、大場先生の説明は、最後にその結果について言及した。「裁決は、この事件の張本人である吉成雅広と、それから、誘われて参加した佐山敬治と篠田直樹、それに事件の発覚に到る元となった山内裕――この山内の父親は誰がその酒盛りに参加したかと、その名前までは教えてはくれませんでしたが、とにかくこうして事件が明るみに出る元を作ってくれたので、他の三人よりは罪を軽くしようという意見があり、裁決は三回に分けて、先ず吉成について、次に佐山と篠田、そして最後に山内に関してというように三回に亙《わた》って行われ、このプリントにあるような結果になったのであります。また、ここに『参考』として上げてある『吉川博之』ですが、確かにその場にいたに違いないという指導係の先生方の意見で他の四人と同じように職員室に呼んで取り調べを行いましたが、吉川自身も、また他の四人の誰一人として『吉川』の名前を挙げた者もおりませんでしたので、こういう扱いになったのであります。以上でこの事件の全般的な説明を終わります。ご質問があれば承りますが……。」

しかし、誰一人、質問の挙手はなかった。

そこで司会役の教頭が後を続けた。

「では、先ず最初に、今回の事件の張本人である吉成雅広と、続いて、この酒盛りに参加した佐山敬治、篠田直樹の三人のクラス担任である樺島先生に、それぞれの生徒について、日頃の学校での生活状況や成績などに関しての説明をしていただこうと思います。」

名指されて樺島先生は立ち上がった。

「この度は、お忙しいところを、私のクラスの生徒たちがしでかしました事件に関しまして、先生方の貴重なお時間を拝借しますことは誠に心苦しい限りでございます。さて、ここに名前を連ねております、吉成、佐山、篠田の三人ですが、三人が三人とも、いたって普通の生徒でありまして、殊更に目立ったところはない生徒たちです。その出席状況に関しましても、一年次には三人とも、欠席、遅刻、早退ともに一年間に五回を超えている者はおりません。篠田だけは入学当初に五回の欠席日数がありますが、ただそれだけで留めております。他には、吉成に、一年の三学期に遅刻三回の記録があるだけです。そしてこの吉成には二年次に、現在までに八回の遅刻がありますが、欠席は一、早退は零《ゼロ》です。佐山と篠田は二年次は精勤の状態で、一度の欠席、遅刻、早退もありません。また普段の生活にも、これといった目立った行動はありませんし、掃除当番などもよくやってくれます。次に、その成績に関してですが、篠田は学年でいつも三十番位、佐山は二百五十番位ですから、下から数えますと五十番ですが、赤点は一つもありません。さて、最後に吉成ですが、これはちょっと悪いので……、一年次は下から三十番位でしたが、二年の一学期は下から十三番で、英語と化学の二つの科目を落としております。それでも、ちょっと声を掛けて、やる気にさせますと……、と言いますのは、一学期の中間試験では五科目も落としていたのですが、父母会の時に個人面談をしまして、このままでは駄目だぞ、と叱咤激励した結果、古典と数学と世界史は合格点に達し、赤点はわずか二科目になりました。

そして英語は十一点足らず、化学はわずか三点足りなかっただけで、席次も中間試験の時より十番も上がっております。最後に、その家庭環境についてですが、佐山と吉成は、その両親は共働き、殊に吉成は、妹か雅広本人か、どちらかが先に帰宅して、母親の帰りを待っていて夕食になるというような家庭ですが、父親も普通のサラリーマンでして、ごく普通の家庭だと思います。ところが篠田は……、これはつい先月頃に判明したのですが、実は、本人がずっと実の両親だと思っていたふた親が、実は……、本人の祖父母だったという……、このことは先生方にもぜひ内密にしておいていただきたいのですが、子供の時からずっとその祖父母に育てられてきたという、そんな不幸を背負って、しかも明るく日々を過ごしている生徒であります。以上でこの三人に関する説明は終わりますが、担任としての私の意見を述べさせていただきますと……、お願いです。どうか、退学にだけはしないで下さい。それがクラス担任としての私のお願いです。そして、もしそれが認めていただけるのなら、この三人を、三年生になっても、私がクラスの担任を引き受けます。学校がそれを認めてくれるならば、そして先生方のご賛同もいただけますならば、三年次も、ぜひこの三人の面倒をみてやりたいと思うのであります。悪い子はいないのですから……。」

樺島先生は声をつまらせ、言い淀んで立ちすくみ、おずおずと腰を下ろした。

次に、山内裕のクラス担任である鍋島先生が名指されて立ち上がった。

「私のクラスの山内裕ですが……、山内は性格はいたって温和で、友人から誘われると嫌だと言って断ることが出来ない子で、成績こそ下から五番で、頭は良くないですが、決して悪いことの出来る子ではありません。今回の事件も、一年の時に同じクラスだった吉成に誘われて、何も知らずに吉成の家に行ったら、そこで酒盛りが行われたということでして、断ることが出来ずに飲んでしまい、家に帰ってもそのことを両親に隠していられず、つい白状してしまったという、そんな純真な子供です。だから今度の事件も、山内の父親から私のところに電話があり、『実は困っている』と告げられたことがそもそもの起こりで、この経緯からしても山内裕は他の三人とは区別して裁定を下さなければならないことは当然であると考えます。ですから、そこのところをよくお考えいただいて、先生方にははっきりとご決断の裁決に加わってもらいたいと考えます。どうぞ、よろしく。」

その後、何人かの先生から質問やら意見やらが出された。その幾つかを紹介すると、一、同じ事件を犯したのだから、全員同じ処分にするのがいいのではないか。二、いや、山内がいたからこの事件が発覚したのだから、当然のこと山内には出来るだけ軽い処分をしなければならぬ。三、吉川博之が陰にいる主犯ということはないか。全員がそのことに口をつぐんでいるのは、吉川には前歴があって、今度何らかの処分があると退学になることが分かっているので、誰もそのことに触れないのではないだろうか。四、吉成は退学にすべきだ。

そんなこんなでいよいよ裁決に入った。

裁決は、運営委員会で決めた原案通りに、先ず吉成を、次に佐山と篠田、そして最後に山内というように三回に分けて決をとるか否かで先ず行われ、その結果、原案に賛成するという意見が通ってそのまま裁決は続行された。

結果は、吉成は退学か無期停学かの賛否がほぼ同数になり、最終的な結論は校長の決裁を仰ぐことになったが、校長とて即座に独断を下すわけにもいかず、無期停学として厳しく指導していこうとの所見が述べられただけで、この場は収まることになった。佐山と篠田は前例にならってということで大多数の挙手が無期停学。山内は停学十日間と決定したのであった。

〈9〉

翌日、四人の生徒たちはそれぞれ保護者同伴で学校へ呼び出された。そして校長から直々に処分の言い渡しがなされた。しかし、その四人が四人とも、学校でも、また登下校の途中でも、他の誰とも顔を合わせることはなかったのであった。何故なら、そのうちの誰かが顔を合わせたりして、どんなに短い会話でも取り交わされたりしたら、そして山内の処分だけが他の三人よりも軽いことを察知されたりしてはいけないとの配慮がなされたからであった。

前述した通り、停学などの処分を受けているその謹慎中は、一切の外出は禁じてあるし、電話をすることさえ禁じられているのだから、謹慎が解除されるまでは他の者がどんな処分を受けているかを知ることはあり得ないはずである。「処分が終って登校したら、私が全員に引導を渡します。もし、山内がこの件でいじめられたりしたら、私はそのままではすませないつもりです。」と、鍋島先生は、生徒指導主任の大場先生にも、学校長にまでもこの件に関して広言したものであった。それは、職員会議の席上で樺島先生が述べた――「四人の処分は同じものにしていただきたい。でないと、もし山内だけが軽かったということが知れた時には、この四人の中に亀裂ができて、しかも山内だけが敵対視されることにもなりかねないことを私は恐れるのです。同じ行為をしてしまったということは、同じ処分を受けねばならないということです。山内が吉成の家で酒を飲んだということを父親に話し、父親が鍋島先生に電話をかけてきたということは、別の形で賞賛してやればいいことです。ぜひ、四人の処分は同じにしていただきたい。」――という意見に対する当てつけのようなものであった。樺島先生のこの意見は多数の反論にあって却下された。その時、鍋島先生は、挙手もせず、「そりゃ、おかしいよ。」と怒鳴るように言葉を吐きだしただけであった。

〈10〉

「謹慎中の者は外出はもとより友達に電話をかけることさえしてはいけない。」ということは、校長からの処分言い渡しの時にも、同席していた大場先生から全員に伝えられていた。付き添いの親も勿論それを聞いて知っていたはずである。ところが、この四人の中で、この過当とも言える命令を忠実に守ったのは山内裕ただ一人だけであった。他の三人の親達は、辛い処分を堪え忍んでいるのだからと、息子にかかってきた電話を無下に断ってしまったりはせず、取り次いで息子の心を和らげることに深慮したのである。

友は友を呼ぶ。不思議なことに、停学になってから一週間ごとに二年三組の級長の沢田から雅広のもとにも電話がかかってきた。

「無期停だってな。頑張れよ。無期停はだいたい二十一日と決まってるらしいから、それで終るように頑張ってくれよな。」

電話が切れた後、雅広は直樹と敬治にも電話して、そのどちらにも沢田から電話があったことを知ったのであった。「昨日、山内は学校へ来てたよ。うちのクラスの三人は無期停学だっていうのに、いったい学校の処分はどうなってるんだろうな。樺島先生はやっぱり弱いのかな。」と沢田が言ってきたのは、二週間目の火曜日のことであった。

それを聞いた時、雅広の頭にはかっと血が上った。〝何故、同じことをしていながら同じ処分ではないのか。〟その思いを巡らすと、〝例の酒宴のことを学校に漏らしたのは、もしかすると山内ではないのか。〟という思いが湧いて、徐々に確かなことのように思われてきたのであった。

〈11〉

雅広の抱いた疑問がよりはっきりと確かなものに見えてきたのは、停学が解けて再び学校に通いだしてから三日目のことであった。

裕の動きが、そして目の動きが、その上言葉つきまでも、雅広たち三人にいやに諂《へつら》っているように見えたのであった。

あの日職員室に呼ばれた五人のうち、四人は同じクラスだが、裕だけは別のクラスであった。だから、その後、皆が顔を合わせるようになってからも裕だけは帰りの時間が全く同じというわけではなかった。それにしても今までは、裕のクラスが先に終れば裕は二年三組の廊下の前で待っていたし、後になると、四人の帰る姿を見つけて後を追いかけてきたものであった。だが、最近では、廊下でも、校庭でも、裕の姿をあまり見掛けなくなっていた。雅広はそれに気づいていたのだった。

「あいつ、最近、おれたちを避けているんじゃねえのか。」と、或る時、雅広は言った。

「そんなことないだろ。おれ、このあいだ、あいつと一緒に帰ったけど、別にそんなふうには見えなかったよ。」と、直樹は裕を被うように言った。

「おれ、どうも、あの事件を学校にちくったのは山内じゃねえかって、そんな気がしてるんだ。」

そんな会話の後に、それでは裕の帰りを待ってみようということになって、四人は二年七組の廊下の前で待っていた。

やがて、長い帰りのホームルームが終わり、クラスの生徒たちがぞろぞろと教室を出てきた。ところが、ごく先日まではまっ先に教室を飛び出してきた裕なのだが、この日はいつまで待っても姿を見せなかった。

〝人混みに紛れて逃げちゃったか。〟と、腹立ちまぎれに思いながら雅広が教室の中に入ってみると、例のオオカミこと鍋島先生のいる教壇のところで裕は、何ごとかを先生と二人で話している。それを見た雅広は、さっと背を向けて教室を出ようとしたのだった。が、逸早く、やはりオオカミに見つかってしまった。

「おい、吉成。ちょっと来いや。」

鍋島先生に呼ばれて雅広は仕方なく教壇の方へ近づいていった。

「おい、吉成。お前は自分の犯した罪を分かっているんだろうな。あの処分では、お前が主犯だったんだからな。分かっているんだろうな。今度お前に何かあれば、お前はもう学校を馘《くび》になるんだからな。それだけはよーく覚悟しておけよ。おれは容赦しないぞ。いいか、分かってんだろうな。」

「はい。」

雅広は、オオカミの前では、「はい。」としか言えないのであった。

鍋島先生のお小言はまだまだ続いた。その間に雅広はただ「はい。」「はい。」を繰り返し、ごく偶《たま》に、「はい、解っています。」を挿入しただけであった。

雅広がやっと鍋島先生から解放された時には、裕の姿は、教室の中には、もうなかった。

急いで廊下に出てみたが、そこにも、裕はおろか。他の三人ももういないのだった。

雅広は諦めて、学校を出て、船橋駅に向けて歩きだした。

〝オオカミなんて、なんで学校にいるんだろうか。おれだけが呼び止められたから、皆はさっさと逃げだして行っちゃったのか。学校なんて、なんでこんな面白くもない所なんだろう。〟小羊になってしまったような気持で、雅広は落ちている木の葉を次々と踏み躙《にじ》りながら歩いていた。

と、

〝おお、いたじゃないか。〟

目を上げると、そこには三人の仲間たちだけではない、裕までもいたのであった。

雅広は思わず嬉しくなって手を上げ、待っていた友人たちに近づいていった。

「皆で、久しぶりに喫茶店にでも入ろうかって、吉成を待っていたんだ。」

雅広が近づくのを待って、博之がそう声を掛け、一同は駅の横丁の『レ・ザミ』へと繰り込んでいった。

〈12〉

「山内、お前は知ってるか、今度の処分のこと、いったい誰が学校へちくったのだったか。」

雅広は、皆のコーヒーの注文が終って女給《ウェイトレス》が立ち去ったのをしおに裕に問いかけた。

「いいや、知らないよ、おれ。誰か、友達から噂が流れたんじゃないの。」

「そうか。」と雅広はずっと裕の顔を見守りながら、一度言葉を切り、今度は皆に問いかけた。

「おい、誰か、友達にしゃべった奴はいるか。」

誰も返辞はしない。皆、首を横に振っただけである。

しばらくして直樹が言った。

「おれ、あの日、家へ帰った時、親父とおふくろにばれちゃった。」直樹の脳裏には、あの時の異様な雰囲気が渦巻いていた。あの時までは少しの疑いも抱かずに実の両親だと思っていた父と母が、実は、父と母ではなく、祖父と祖母だったと知ったのだった。そのことは樺島先生と、この仲間うちでは博之にだけは話してある。だから皆にも伝わっているかもしれないと思うと、何となく涙が湧いてきそうになるのだった。「けど、親父とおふくろではないと思う。誰が学校に訴えたのか知らないって言ってたから……。」と直樹は呟《つぶや》くようにつけ加えた。

「山内、お前は家ではしゃべらなかったか。」と雅広が訊いた。

「しゃべらなかったよ……。」

「じゃ、お前は何故おれたちを避けてんだよ。」

「別に……。」

「『別に』じゃねえよ。いつもこそこそ消えちゃうじゃねえか。今までは必ず帰りを待っていたのに。」と、雅広につづけて追いうちをかけたのは博之であった。「誤魔化すんじゃねえぞ。」

「………。」

その時、コーヒーが運ばれてきたので、皆黙り込んだ。

「そうか、山内だけ処分が軽かったのは、そんな訳だったのか、きったねえ奴だな。」

コーヒーを一口啜り、早合点してそう言ったのは敬治だった。

「そうか、やっぱりお前だったのか。この下衆やろう。」

雅広は逸早く察して、裕の目を睨みつけて、蔑《さげす》むようにそう言い放った。

こうして、この場の雰囲気は、もう裕ひとりに被さってきたのだった。裕はそれをますます感じ入って、その視線までも俯《うつむ》けて、謝るように呟いたのだった。

「ちがうよ。おれ、オオカミに威《おど》かされてよ、それで、つい……、親父と相談しちまったんだ。」

「なに? お前の親父が学校へ電話したんか。」

裕はこくりと頷いた。

雅広は立ち上がって怒鳴った。

「ばかやろう。帰れよ。さっさと帰れよ。もう、お前の顔なんか。見たくもねえや。」

「帰れよ。」と、敬治も博之も言った。

裕は皆の顔を上目遣いに眺め廻して、横の直樹に救いを求めるように、「な、篠田……、な……。」と呼びかけたが、その直樹さえ、もう取り合おうともしなかった。

「それじゃ、やっぱり帰った方がいいな。お前には友情なんて分からないらしいから……。」

静かな口調で言った直樹の言葉を聞き終るまでもなく、裕は仕方なく腰を上げて、すごすごと店を出ていった。

雅広は足音でそれを察しながら、顔を上げようともしなかった。「お前たちみたいな不真面目者同志の友達づき合いなんてのは、どうせすぐにひび割れるに決まってるんだ。」と言った鍋島先生の言葉が脳の中でうごめいているのを感じながら、雅広はじっと瞬刻の推移を思っていたのだった。

Ⅱ　動物譚

猿がゴリラになりたいと思い込むようになるまでの話

猿たちは箱に乗って集団移動を開始した。やはり猿ともなれば各々に目的らしいものを持っている。その目的らしいものとは遊びであったり仕事であったりもするが、どちらにしたところで当座しのぎの、それぞれの猿たちだけが目的と思っている、それだけのことにすぎない。一皮むけばそんなものは目的でもなんでもない。目的を持つこと自体が遊びでもあるし、いわば猿の生存は遊びに過ぎないのである。ところが猿個体にとってみれば、目的はやはり目的であるから、こんな箱に乗り合わせることになったのである。箱に乗れば思いのままに縦横に走り廻ることは出来ないまでも、甲地点から乙地点へ、或いは乙地点を通って丙地点へ、或いはその先の丁地点へも戊地点へも、まだまだ先までも、二本足で歩くよりも早く、四本足で走るよりも早くに到達することが出来るのである。それを知っているからこそ猿たちは各々に自分の目的らしいものに向けて、その地点へ早く達する為にこんな箱に乗り合わせることになったのである。

猿には猿の規範がある。やたらに他の猿の顔に自分の顔をくっつけてもいけないし、他の猿の尻を撫でたりするのも規範に反する。それだから噛みついたり、引っ掻いたりすることも勿論規範に反する。そんなことをすると並の猿としては扱われないことになってしまう。

猿の世界は案外規範に厳しいのである。それを知っているからこそどの猿もみな真面目くさった顔をしてめったなことでは笑わないし、笑っても笑ったのを見られたかなと思うと、途端に苦虫を噛《か》み潰《つぶ》したような顔を作り、すぐさま真面目くさった顔を作ってしまう。

これほどに厳しい規範に縛られている猿たちが同じ箱に乗って移動をするのだから、集団移動箱の猿たちといったら、それこそ真剣そのものの顔つきで、他の猿の顔を見ない為にそれぞれの工夫を凝《こ》らすのである。というのはこの集団移動箱の中ではやたらに他の猿の顔を見るのは失礼な行為として誹謗《ひぼう》を買うことにもなるからである。誹謗を買うのは誰しも好まないところである。だから箱に乗るやいなや子猿たちは箱の外の景色を見ようと構えるし、親猿たちはそんな子猿にかこつけて一緒に外の景色を見たり、子猿たちの有様を見たりして、一時の箱の中の時間を殊更に無為でいるように取り繕《つくろ》うのである。こうなると子猿のいない親猿は気の毒である。まさかに拗《す》ねた渋面を他の猿の前に曝《さら》すことも出来ない。それだからこんな箱の中にいても生存の目的らしいものを持っているのだぞという顔つきで、大紙やら綴紙やらを見つめてみたり、指先でその一枚を弄《いじ》くってみたり、裏を返したり表を返したり、或いは匂いを嗅いでみたり、そのうちに眠り呆けていたりもするのである。

集団移動箱の中の規範は厳しい。箱には坐るべき場所が決められていて、その場所が全部塞《ふさ》がっていれば立っていなければならない。坐る場所が塞がっているからといってその場所でない所へしゃがみ込んだり、尻を落ちつけたりすれば、猿の道徳に反することになる。即ち胡散《うさん》臭い顔で横目で睨まれることになるのである。また逆に、坐るべき場所が空いているのに、吊環《つりわ》に摑《つか》まって立ち竦《すく》んだりしているのも、変わり猿の謗《そし》りを受けることになるのである。また、もし坐るべき場所がほんの少し、自分の身体を入れることが出来るか出来ないかほどにしか空いていないとしたら、果たしてそれほどの些空間《さくうかん》に坐るべきかどうか——これを判断するには細心の注意を——両隣に坐っている猿たちや、自分を見ていると思しき猿たちに気兼ねを示さなければならない。この気兼ねの心意気は常識の上を越す。下手をすると、その猿自身の個の性格を低いものとして見下げ果てられてしまうことになるからである。坐れば蔑《さげす》まれる。坐らないと変な目で見られる。これが猿の世界の平常猿として生きることの難しさでもある。

移動箱は止まった。戸が開いた。沢山の猿たちが降りて行った。箱の中はがらがらに空き、そちこちの座席にも空間が出来ていた。

此処は猿たちの好む土地なのであろう。降りた猿たちはまるで牧羊の群のようにぞろぞろと、それぞれに思い思いにではあるはずだが、皆同じ方角に向けて歩いて行った。箱の戸が長いあいだ開いているのもこの土地に猿の大集団が住んでいるという証拠なのでもあろうか。去る猿は自分を此処まで運んで来た移動箱のことなどさらりと忘れたように、頓《とん》着《ちゃく》なく歩み去って行く。

極めて平和に、箱はまた移動を開始しそうな気配であった。そんな空気が眠たそうに箱の中に流れていた。と、その時、箱の戸が閉まる間際であった。一匹の猿が——いや、猿というにはあまりに異様な、躰躯も巨きいし、だいいち猿らしい規範を身につけていない無作法な様相の生き物が乗り込んで来たのであった。

それを見た時、身内にある恐怖筋が全て引き締まるのを感じた猿男《サルヲ》は〝あっ、ゴリラだ。〟と直覚した。何ごともなくこの場を離れられるなら離れたい。しかし見てしまった以上は萎縮して、何かそれ相当な理由でもなければもはや逃れられない。猿男《サルヲ》には、ゴリラが自分の近くにやって来ないことだけを願って目を瞑《つむ》る――それだけの行動しか許されていないような緊迫感が身内に残されているだけであった。

その巨大な猿は大きな包みを三つ、その三つを一つに結びつけて、肩に背負っていた。包み二つを一つに結んで肩に背負うのは振り分け荷物といって、それほどに珍しいことでもない。ところがこの猿は三つを一つに結んで変な恰好に振り分けにしていた。躰躯の大きさもさることながら、この猿にあるまじき身なりが猿男《サルヲ》に〝ゴリラだ。〟と感じさせた大きな要因であった。そしてこの猿は右手には大壜《おおびん》を、左手には器を持っていた。大声で歌さえ唄いながら箱に乗り込んで来たのである。

この巨漢が乗り込んで来たのを見て逸早くさっと坐を立っていった雌猿がいた。その名は猿子《サルコ》という。猿子《サルコ》は危険を察知して別の箱へ移動していったのである。

何の意図も持ち合わせていないかのように去って行った猿子の姿を目で追って、この異様な猿は移動箱の真ん中に坐を占めた。包みを自分の前の通路に置いた。三つの包みはかなりの嵩《かさ》があったから、通路はこれで塞がれた形になった。しかし並の分別を持ちあわせていない猿のことだから、何ら悪びれるところはなかった。確かにこの猿は猿男《サルヲ》が一瞬にして看破したようにゴリラかもしれなかった。ゴリラの世界に住めば立派なゴリラなのかもしれなかった。猿の世界の規範から外れていることを少しも悪びれていないのだから、到底並の猿ではないのである。

この異様な猿は異様な臭いを発していた。箱に乗って来た時に既にその臭いは他のどの猿の鼻孔《びこう》をも悩ますほどのものであった。臭いに於てさえ異様な猿は正しく猿の規範から外れていたのである。その異様な臭いで巨漢は箱の中央に坐を占めたのであった。そこは猿江《サルエ》の隣の席であった。猿江《サルエ》と猿蔵《サルゾウ》との間に、並の猿なら二匹の身体を坐らせられるほどの空間があった。そこにどっしりと腰を落ち着けたのである。

巨漢は荷物を通路に下ろし、自分は猿江《サルエ》と猿蔵《サルゾウ》の間に腰を下ろした。が、右手の大壜と左手の器は持ったままであった。そして座席に腰を落ち着けるやいなや、右手の大壜を傾け、左手の器で受けた。注ぐと、それを口へ持って行って半分ほど飲んだ。「ウイーッ。」わざと発した声音か、飲んだ反動で咽喉の奥の空気が自然に涌出して来た音か、巨漢は極めて気持がよいといわんばかりの大きな素振りで箱の内を睨め廻した。

眠ったふりをするのを忘れて、かの巨漢を観察していた猿男《サルヲ》は、巨漢が睨め廻し始めたのを見て、また早々と目を閉じた。〝目を閉じなければやられるかもしれない。もしあいつが唸ってきたらどうしようか。〟猿男《サルヲ》はそんな不安を抱いた。〝吠え掛けられたら、もっとぐっすりと眠ることにしよう。何も見ず、何も聞かぬことにするのが最もいい。〃ゴリラが自分の斜め前に坐っているということは、自分の挙動も十二分に用心しなければならぬということだと、猿男《サルヲ》は思ったのである。

猿男《サルヲ》よりもずっと多くの不安を抱いていたのは猿蔵《サルゾウ》である。猿蔵《サルゾウ》はその巨漢が箱に入って来た時には一心に綴紙を見ていた。異様な臭いにはっと気づいた時には、巨漢は既に自分の隣に腰を据えるところだった。それからも綴紙を睨み続けていたのだった。が、どれほど嗅いでみても、嗅いでいないと同然であった。隣の巨漢が動く度に猿蔵《サルゾウ》の右側の皮膚は巨漢に押された空気を感じるほどだったのだからである。

猿江《サルエ》は別にこれといった恐怖感も抱いていなかった。異様な臭いがぷんと鼻についた時には顔を顰《しか》めたが、すぐに慣れてしまった。風向きの加減で臭いがしたのか、それとも巨漢の動きで臭いがしたのか。或いは、その以前に沈滞してあった臭いが別の新たな臭いに押されて、臭いが変動する間にだけ猿江《サルエ》の鼻を侵蝕したのかもしれない。新たな臭いがその場に固定されてしまうと、もう猿江《サルエ》の鼻は異臭を感じない——それほどに順応性のある立派な鼻を猿江《サルエ》は持っていたのである。

猿太《サルタ》はずっと以前から猿江《サルエ》の様子を窺《うかが》っていた。中年増《ちゅうどしま》の姿態にもかかわらず唇はかなり赤く、頬はつやつやに白く、ずい分と派手な毛皮に包まれている猿江《サルエ》に、猿太《サルタ》は或る種の欲望を感じて、ちらちらと様子を窺っていたのであった。こんな毛皮の雌は雄に媚《こび》を売る種類だと直覚して、猿太《サルタ》は猿江《サルエ》を観察していたのである。あわよくば猿江《サルエ》をものにしたい――そんな欲望が猿太《サルタ》の中にはあった。が、猿太《サルタ》は猿だから、胸の中の欲望をやたらに露出しなかっただけである。ところが突然移動箱に乗り込んで来た巨漢が猿太《サルタ》の欲望を邪魔だてした。まるで無頓着に――その無頓着が猿太《サルタ》にはいまいましかった。

猿吉《サルキチ》は異様な臭いが入って来たので、ふと大紙から目を逸らして観察したが、その変な奴は自分から大分距《へだ》たって、しかも並びの席に坐ってしまったので、何ら関わりあいになることもないだろうと見定めて、また大紙を嗅ぎ耽《ふけ》った。そこには有名猿の情事のことやその道に選ばれた猿たちの球遊びのことが出ていたので、猿ごとながら夢中に嗅ぎ耽り得たのであった。

猿代《サルヨ》の子猿一が、入って来た巨漢を認めて、「お母さん、変な猿だね。」と言った。猿代《サルヨ》ははっと驚いて、「そんなことを言うもんじゃありません。他の猿の方をじろじろ見てはいけません。」と、子猿を窘《たしな》めた。子猿一は母猿に窘められて、また窓の外を見た。子猿二も兄に見ならって、外の景色に目を向けた。

巨漢は歌いだした。

――猿と生れた恨みはないが
　猿の世界の心憂さ
　一度生れりゃ二度とは死なぬ
　俺の命を生きるのさ――

その歌声はまるで唸りのように、うんうんと続いていた。今を流行《はやり》の猿歌であった。その同じ歌詞を、その文句だけしか知らぬのか、或いは同じ文句を繰り返すことが習い性となってしまったのか、何度でも、うんうんと繰り返すのであった。「猿と生れた恨みはないが……。」と、繰り返しの始まりがまた始まった。その時、移動箱はがたりと揺れた。揺れた拍子に器の中の液物が零《こぼ》れた。器を持つ手の上に零れ、周囲にも飛び散ったようであった。揺れはほんの一時であった。器の中の液体はすぐに平らな波となり、静まった。巨漢はやっと波を支え得たという様子で、波の為に瞬時うろたえた恰好であった。だが、すぐに落ち着いて、手に零れた液体を、口をつけて啜《すす》った。それから飛沫が飛び散った周囲を見た。猿江《サルエ》の方に飛沫が飛んだようでもあった。

「姉ちゃん、かかったかい。」

その時、猿江《サルエ》は考えごとをしていた。急な問い掛けは無意味な叫びと同じである。猿江《サルエ》はきょとんとしてその問いを聞いて、事実とは無関係に、問い掛けの声と声の主の異様な顔つきから意味を推し量って、「いいえ。」と、首を横に振った。そしてまた視線を床板に落としてしまった。この無意識の猿江《サルエ》の挙動が、いつも何となく疎外感ばかりを感じさせられていた巨漢の持ち主の心に触れたのであったろう。無意識の挙動が、異和感でなしの共和感、むしろ優しさのようにさえ感じられたのであろうか。

「姉ちゃん。いいなあ、姉ちゃんは。」

猿江《サルエ》は驚いた様子で巨漢の顔をまじまじと見た。もの思いに耽っていたせいで、隣の異物を異物とも感じることがなかったのである。異臭が鼻をついた時は、勿論《もちろん》異臭を異臭として感じたけれども、すぐに馴染《なじ》んでしまったので、自分一人の世界に入って行ってしまったのであった。

世に言う異物を異物と感じるかどうかは、猿本体の育ちに関わっている。猿江《サルエ》の場合、その父猿がやはり隣の巨漢と同じような異臭を放っていたので、猿江《サルエ》はそれを別に異物とも感じなかったのである。その為に猿江《サルエ》はむしろ異物の存在を許していたのであった。だからこんな巨漢を隣に置きながらも、自分一人のもの思いに耽ることさえ出来たのである。

「姉ちゃん、俺、好きだよ。」

巨漢は自分の鼻の頭を指さし、猿江《サルエ》を指さした。

猿江《サルエ》は驚いた。予期しないことであった。

「いやよ、あなたなんか。猿じゃないわ。まるでゴリラだわ。」

ゴリラのような父に育てられてきた猿江《サルエ》だから、そんな非猿性は十二分に見ている。その為に、そんな家庭から逃れる為に唇を赤く染め、頬を白く塗り、派手な毛皮を纏《まと》うようになったのである。それなのにこんなゴリラの同類みたいな雄に言い寄られるなんて真っ平である。

「えっ。ゴリラだって、この俺が?」

「そうよ、ゴリラよ。ゴリラだわ。」

これほどはっきり「ゴリラだ。」と言い切られたのは初めてのことであった。だから巨漢は悲しんだ。が、悲しんでいる暇《ひま》はなかった。すぐに怒りがむくむくと頭に上ったからである。

「言いやがったな。この牝め。」

言い返しざま巨漢は器の液物を猿江《サルエ》の頭の上へぶち撒《ま》けた。この行為こそこの巨漢がゴリラである所以《ゆえん》と言えそうであった。

「きゃあ。」と、猿江《サルエ》は悲鳴を上げた。だが決して負けてはいなかった。

「ゴリラじゃないか、さ。こんなことをするのはゴリラだからじゃないか、さ。こんなことをして猿の仲間に入れると思っているの。」

猿江《サルエ》はか弱い牙をむいて、巨漢を睨み据えていた。どうされるのか待ちながら構えているといった恰好であった。

「ううん、ううん。」と、巨漢は堪え兼ねているかのように身体を揺さぶっていた。

揺さぶりには威圧感がある。たとえ相手が巨大なゴリラでなく、小っぽけな猿の規範に反した八九三《やくざ》な猿の相手であっても、身体を揺さぶられると多少なりとも威圧感を感じるものなのである。ということは、猿でも、猿の規範を決して踏み躙《にじ》らない紳士的な猿ならば、やたらに身体を揺さぶったりはしないということなのである。猿の世界は、猿の仮面を被っている以上、これほどに厳しい規範に縛《しば》られているということなのである。

猿江《サルエ》は怯えた。牙を剝いてはいたが怯えていた。その証拠に、身体が小刻みに震えていた。巨漢の揺さぶりに怯えて、猿江《サルエ》は無意識に身体を小刻みに揺さぶっているのであった。この揺さぶりは、小刻みな揺さぶりは、確かに怯えているに違いなかった。何故なら猿江《サルエ》は突然に、仲間を呼ぶ為に、助けを呼ぶ為に、叫びだしたのであるから。

「助けてよ。誰か来てよ。このゴリラが私のことを取って喰おうとしているのよ。」

この声を聞いて、箱の中じゅう愕然《がくぜん》とした。咄嗟《とっさ》にどう行動を起こしたらいいか、それぞれに個々の意識を自分の胸に問うたのであった。まず自分の身を守ること。次いで、自分の力に叶《かな》うことならば、猿江《サルエ》の命を守ってやりたい、誰もがそう思ったことであった。しかし、自分の身を守ることはなどか、猿江《サルエ》の命を守ってやるだけの力に叶うかどうか危ぶまれるのであった。〃相手がゴリラだとすると、よほど注意しなければならない。〃と、思ったのであった。

巨漢の隣にいた猿蔵《サルゾウ》は隣席のやりとりがまるで耳に入らなかったかのように、ますます綴紙に執着して、より以上に根をつめてその紙の絵柄を追い始めた。だが、もとよりその絵柄などはどうでもいいのである。執着していると見せかけることが何よりも必要なのであった。

大紙を拡げていた猿吉《サルキチ》は眼を上げて、巨漢と猿江《サルエ》のやりとりを見守った。が、しかし、巨漢とは視線が合わないように、猿江《サルエ》が痛めつけられるのはさも面白いといった外見であった。〃自分はこの巨漢を批判してはいない。むしろ巨漢の活躍に興味を持っているのだ。〃といった様子を繕《つくろ》ったのであった。それでいて腹の中では、もし猿仲間から非難を浴びたら、どう弁護しようかと、むしろその為に怯えていたのである。

子猿を連れた猿代《サルヨ》は子猿のことばかりを気にして、小声で「あっちを向いちゃ駄目よ。何も言っちゃ駄目よ。」と伝えて、自分も子猿たちと一緒に外の景色に眺め入るのであった。

猿男《サルヲ》はさきほどからずっと見ないふりをして様子を窺いながら、自分の考えに納得が行っていた。〃やはりあいつはゴリラだったのだ。もっと深く深く眠りに沈まないことにはまずい係わりをもつことになるかもしれない。〃そう思うとますます深く偽りの眠りに入って行った。

猿太《サルタ》だけがやきもきしていた。〃あのゴリラ野郎はひどい野郎だ。一体何をしでかしやがるんだ。これ以上に不埒《ふらち》なことが行われるとすれば放っておくわけにはいかない。〃と、猿太《サルタ》は半分ほど腰を浮かしていた。だが、命を賭してまで助けだすほどの価値があの雌猿にあるかどうか、どうもそれがないような気がして、猿太《サルタ》は腰を上げずにいるのだった。

「この牝猿め。」と、巨漢は呶鳴った。「俺をゴリラに仕立て上げやがって、その上、俺に猿殺しの仮面まで被せようとしやがるのか。」

巨漢は大壜と器をさも大切そうに下に置いて、立ち上がった。通路に置かれた荷物を避けて足を踏み出し、猿江《サルエ》の前へ立って行った。どう料理をしてやろうかというふうで、とにかくそのとんでもなく自分を侮辱する異物を片づけてやろうという積もりらしく、巨漢は猿江《サルエ》の方へ手を差し延べた。正につまんで投げ出してやろうという恰好であった。

巨漢の動作は鈍い。立ち上がるのも鈍ければ、手を差し延べるのも鈍い。考えるのも感じるのも鈍いのだから、動きが鈍いのは仕方がないのである。この鈍さは、猿の世界にいれば常に異様である。鈍いということは、全て見抜かれているということである。その証拠に、この巨漢が猿江《サルエ》の前に立って正面に向き直った時には、猿江《サルエ》は既に立ち上がって逃げの体勢になっていたのである。が、猿江《サルエ》も並の猿に比べれば鈍い部類に入っていた。これは、どんなに唇を赤くし頬を白くし派手な毛皮を着ていても、鈍い父猿のもとで育った、そんな太々しさが猿江《サルエ》の動きを鈍くしたのに違いなかった。その為に、猿江《サルエ》は立ち上がり、一歩行きかけたが、その左手が巨漢の手に触れて、むんずと摑まれることになったのである。

「きゃあっ。なにすんのよ。」猿江《サルエ》は叫んだ。

その時、一匹の猿が走って来て、巨漢の足を掬《すく》い上げた。猿太《サルタ》であった。猿太《サルタ》は我慢しきれなくなって、ここぞと思って飛び出し、重心の掛かっている巨漢の足の根元を、自分の足で力一杯に払い退けたのであった。走って来ざま、その勢いも加味した力であった。

巨漢とて、これでは堪《たま》りがなかった。

巨漢はずってんどうと、床板に転んだ。それと同時に、手を握られていた猿江《サルエ》も同じように床板に転んだ。転ぶとは幸いなことである。転んだのが幸いして、猿江《サルエ》の手が折れなくて済んだのである。これこそ不幸中の幸いというべきか。

移動箱は揺れた。進行が止まったので揺れたのであった。全ての動きは止まれば揺れる。地球の動きが止まれば地球上の全ては揺れるはずである。海の波の動きが止まれば海に関わる全ては揺れるはずである。風の動きが止まれば風に関わる全ては揺れるはずである。それと原理は同じである。移動箱が止まったので、中の猿たちは全て揺れたのであった。揺れは猿太《サルタ》が腰を上げて歩きだした時から起り、巨漢に体当たりをした時に揺れは頂点に達したのである。その揺れにも手伝われて、巨漢は転倒したのであった。転倒しながらも猿江《サルエ》の手を摑《つか》んだ指を拡げなかったのは、さすがの鈍さでもあった。が、鈍さの故に、転倒した床から起き上がろうとしたその時に、巨漢は猿江《サルエ》の手を放した。握っていた手を放したのは、自分を床板に転がした相手を認めたからであるのかもしれなかった。巨漢は起き上がった。

移動箱が止まれば扉は開けられる。扉が開いた。開くや否《いな》や脱兎《だっと》の如く、四つ這いも構わず箱の外へ駆けだした猿がいる。猿男《サルヲ》であった。逃げだしたに違いなかった。猿男《サルヲ》は箱の外の台地を箱に沿って走り去っていった。

逃げるにも勇気がいることである。逃げ去れば難に遭わずに済むことは誰しもが知っている。ところが知っていながら容易に逃げ去ることをしない。災難の兆候を見ると、心臓の中にある腰が立たなくなって、動けなくなるのかもしれない。逃げるという手段があるということを忘れ去って、いや、まるで思いつけなくなってしまうのかもしれない。災難の兆候を見て逃げるには勇気がいるが、災難の兆候さえ見ずに難を避けるには天与の才が必要である。天与の才には、或る一時だけ発揮される偶然の才と、生れながらに備わった必然の才との二つがある。この才を生れながらに備わった猿子《サルコ》のような猿は（猿子《サルコ》とは巨漢が箱に入って来た時に立って行った雌猿であるということを、どうか思い出して戴きたい）、猿的必然論から言えば、一生に一度も災難を見ずに過ごすということになるのかもしれない。しかし、才能の発揮にも偶然的と必然的とがあるように、運命にも偶然的と必然的とがある。猿の一生というのは単純な一元論では済まない。難しいものである。

さて、猿男《サルヲ》が逃げ去った後、巨漢は起き上がり、猿太《サルタ》と対峙《たいじ》した。が、猿江《サルエ》は床に坐ったままであった。寝転がされた姿勢を起き直し、床に坐って起き上がらないのであった。

この姿勢は猿江《サルエ》がゴリラのような父と過ごした過去の生活から自ずと備わった、慣習というには酷《むご》たらしい、天性というには僭越《せんえつ》な、猿江《サルエ》の諦《あきら》めの姿であった。

巨漢は左右の手で胸を叩いた。勇を鼓したのである。次いで両腕を差し上げた。猿太は巨漢の様子を見て怯え、逃げだしたいのをじっと堪えていた。腹の辺りにむしゃぶりついてやろう、ところ構わず引っ掻いたり、嚙みついたりしてやろう、可能な限り抵抗をしてやろう、と猿太《サルタ》は震えながら身構えたのであった。

「この餓鬼、やりやがったな。俺はお前に何をした?」と、巨漢は問うた。

「この牝さんに暴行を加えたじゃないか。猿の世界に住みながら、猿の規範を踏み外したじゃないか。」

猿太《サルタ》の言葉は正当性をついていた。が、何故かその声は震えて、巨漢の相手に正当性を押しつけるにはどこか頼りない響きであった。

「この牝猿めが何を言ったのか聞いたか。俺のことをゴリラと言いやがった。猿のことをゴリラだなんて言いやがる。そんな侮辱した言動を弄《ろう》するのは、猿の規範のうちだって言いやがるのか。俺は正当防衛しただけだぞ。この牝猿のことばの暴行を取り押さえただけのことだ。」

「ゴリラをゴリラと言って、どこが悪い。」

そう言う猿太《サルタ》の声はあいかわらず震えていた。

巨漢はそれ以上もう一言も言わなかった。両手を差し延べて、猿太《サルタ》の身体を捕えた。そして猿太《サルタ》を力一杯自分の身体に抱きかかえた。小さいものは大きいものによって圧し折られてしまいそうであった。

「きゃあ。殺される。殺される。誰か。誰か。助け太刀してやってよ。誰か。」

猿江《サルエ》が悲鳴を上げた。

その時、猿太《サルタ》は巨漢の顔を引っ掻いた。次いで、巨漢の手に嚙《か》みつくことにも功を奏した。巨漢の顔には血の筋が何本か出来ていた。巨漢の手も怯《ひる》みをみせた。巨漢は猿太《サルタ》の身体を自分から遠離《ざ》けると、そのまま床上に投げ飛ばした。猿太《サルタ》は堪らず、顔から落下した。顔を床板に打っつけて、伸びた。意識を失ったようであった。

猿江《サルエ》は猿太《サルタ》が投げ飛ばされる時、「きゃ。」と短く叫んだ。そして両手で顔を覆《おお》った。巨漢の顔に血の筋がつけられ、猿太《サルタ》は投げ飛ばされ、ちょっとした間が訪れた。間は異様な静寂である。猿江《サルエ》はその間を窺い見る為に両手の指のあいだに隙を作り、床に坐ったまま、両手で顔を覆ったままで指の隙間から巨漢の動態を観察した。巨漢は顔についた血の筋を親指で擦《なぞ》った。擦《なぞ》って血を感じたに違いない。その親指をべとべとに嘗《な》め、唾で濡らして血の筋に塗った。

そして床に転がっている猿太《サルタ》を見ながら、その野蛮な治療法を三度も四度も繰り返した。猿太《サルタ》は転落した直後にほんのちょっと身体を動かすかに見えたが、それ一度だけで、もう少しも動く気配を見せなかった。巨漢が近寄り、足で転がしてみたが猿太《サルタ》は動かなかった。巨漢はほっと安心したように肩を落とし、席に戻ると大壜と器を持って、器に注ぎ、飲んだ。こくこくと喉を鳴らして飲み干すと、

「猿だからって何を威張りやがる。猿に生れたからって、威張るがものは何もありやしねえ。俺だって猿だわな。猿だって、たまたま猿に生れただけじゃねえか。」

独り呟くようにぼそぼそと喚《わめ》いていた。が、ふっと顔を上げた。その時、純真な二つの眼を見つけたのである。猿代《サルヨ》の連れた子猿二の眼である。巨漢は途端に嬉しくなった。そこで、「なあ、坊や。」と遠くへ呼び掛けたのであった。ところが三歳ぐらいになる子猿二は母猿に脇腹を引っ張られた。「じろじろ見てはいけません。」を母猿は子猿に痛みで伝えたのである。為《ため》に子猿二は巨漢を見て笑いかけた顔を引き締め、また窓外の景色に視線を預けてしまったのである。

巨漢はちょっと顔を歪めたが、すぐ気を取り直し、また歌いだした。

——猿と生れた恨みはないが

猿の世界の心憂さ

一度生れりゃ二度とは死なぬ……

続きを忘れてしまったのか、器に注いで一口飲むと、巨漢はまた初めを繰り返した。そして急に気づいたのか、ふと顔を上げて、きょろきょろと見廻すと、

「何だ、この移動箱は全然移動しねえなあ。扉が開いたままじゃねえか。なあ、兄ちゃん。そうだろう。さっきからちっとも動いちゃいねえんだろう。さっきと同じ止まり場だよなあ。」

隣の猿蔵《サルゾウ》に呼び掛けたのであった。

猿蔵《サルゾウ》には何も聞こえていないようであった。猿蔵《サルゾウ》は眉一つ、耳さえ動かさずに、綴紙に視線を落とし続けていた。仕方なしに巨漢は「ちえっ。」と、一つ舌打ちをした。「猿だってこれほど熱心に勉強すれば大きくなれるわあ。」と言って、また「猿と生れた恨みはないが……」を続けるのであった。

——猿と生れた恨みはないが

猿の世界の心憂さ
一度生れりゃ二度とは死なぬ……

と、そこまで歌った時であった。突然にその移動箱の中が騒がしくなったのである。騒がしくなったのを逸早《いち》く察した猿たちは、ほっと顔を上げた。どの猿の表情にも晴れがましい安堵《あんど》の色が浮かんでいた。最後まで状況を察しなかったのは巨漢ただ一匹だけであった。巨漢は酔いの境地から突然に目を醒ます時のような顔つきで、辺りを窺った。騒がしさというか、騒がしいような静けさというか、そんな違和感を感じて目を上げた時には、巨漢はもう猿の小さな群団に囲まれていたのであった。

「小さな群団」といった。が、それはたった四匹の猿の集合に外ならなかった。しかもその四匹のうちの三匹の集合に外ならなかった。たった三匹の集まりを「群団」といえるのかどうか。この件に関しては不審を抱かれないとも限らないが――その三匹がみな同じ紺の毛皮を身につけているということで、確かに群団らしい堅固さをたった三匹でも十二分に発揮していると感じさせるだけのものがあるのであった。何故なら、紺というその色は猿の社会の規範を象徴する色であるし、その紺の毛皮を着ているせいで三匹の猿はどれもきりりと引き締まった強そうな顔を備えていたのであったから。しかもどの猿も、ゴリラと呼ばれた巨漢さえもが、この紺の毛皮を着た猿を「一匹でも衆に匹敵する猿」と習わされているほどだから――。そして、それが三匹連れだってやって来たのだから、群団と感じさせるだけの威圧感があったのである。この威圧感はどこにあるのかというと、個々においては弱いことを知っている猿たちが規範を楯に取るのと同じように、並の猿に紺の毛皮を着せてそれを規範の象徴にした――そこから必然的に一匹でさえ衆を感じさせる威圧感をこの毛皮を着た猿たちに象徴させたのであったからである。

三匹の猿はみな腰に武器をぶら下げていた。武器を公然と腰にぶら下げることは並の猿には許されていないから、武器を持っているというただそれだけのことでその辺にいる並の猿を全て味方につけているような威嚇的な力を見せるのである。いわばこの三匹はそこら辺にいる並の猿全員の代表であった。そして先刻馳せつけた四匹の猿の中の、残るもう一匹――これは紺の毛皮を纏《まと》ってはいない。実はこの一匹は移動箱に乗っている猿たちには既に見知りの顔であった。言うまでもない、この猿こそ先程一目散に逃げて行った、卑怯者と見られながら箱の外を馳せ去った猿男《サルヲ》そのものであった。

「そうです。こいつです。こいつです。こいつがゴリラなんです。ねえ、守兵さん、正しくゴリラの顔でしょう。身体もゴリラ。それにこんな大きな荷物を床に転がして、平気の平左で左手で飲んでいる。大声で歌さえ歌うんですからねえ、普通じゃないでしょう。」

「そうよ、こいつはゴリラよ。」床に坐り込んでいた猿江《サルエ》はぱっと立ち上がり、指差して守兵と呼ばれる紺の毛皮の群団に示した。「こいつがたった今、大変な乱暴をふるったのよ。私を投げ飛ばし、この人を投げ飛ばしたのよ。」

投げ飛ばされて気を失っていたはずの猿太《サルタ》もぱっと立ち上がった。

「守兵さん、こいつは並の猿じゃない。猿の規範を平気で踏み躙《にじ》るひどい奴だ。」

猿太《サルタ》は気を失っていたのではなかった。気を失ったように演じていたのだった。規範に厳しい猿の世界でも、失心を演じたり、記憶喪失を楯に取って自己弁護することは許されている。自主権といって、敵を粉砕する為ではなく、自分を守る為にする演技や嘘は認められているのである。このことは箱の中の猿たちの表情を見れば判る。猿太《サルタ》がぱっと立ち上がった時、〝ああ、気絶していたのではなかった〟と、どの猿もみなそれを察し、それを察した時、どの猿もみな猿太《サルタ》を尊敬したのであった。〝よくぞ気絶したふりをし通した。〟と、突如として英雄が降って湧いたような賞賛の眼を、移動箱の猿たちは猿太に向けたのであった。

「あらっ、お元気でしたの。」

立ち上がった猿太《サルタ》を見て、思わず猿江《サルエ》はそう言ったほどである。

紺色の毛皮を着た三匹の守兵は、いかにも自分こそ猿の規範そのものだと言わんばかりにきっちりと落ち着いていた。

「君か、ゴリラというのは。」

「俺はゴリラじゃねえよ。」

「いいから立ちたまえ。これは君の荷物だね。荷物を背負いたまえ。さあ、この箱から降りるのだ。」

巨漢はもう暴れなかった。言われるままに黙って立ち上がり、三つに振り分けた荷物を肩に背負った。相手が紺の毛皮を着ていると見た時に、もう暴れる気力などすっかり失ってしまったに違いなかった。暴れればこんな三匹（猿男《サルヲ》をいれて四匹であってもそんなことは問題でもない）、その気になれば投げ飛ばすことなど造作ないことであったろう。が、規範の制服を見て、巨漢は観念してしまったのであった。してみると、やはり巨漢はゴリラなどではなく、猿であることに間違いはない。もし本もののゴリラであるならば、猿の世界の規範など無視して、紺色の三匹をも手玉に取る大奮闘をしたに違いないのである。

巨漢は三匹に連れられて箱から降りた。猿男《サルヲ》と猿太《サルタ》と猿江《サルエ》も随《つ》いて行った。

移動箱は扉を閉め、次の地点へ向けて動きだした。

「おい、その壜と器をこっちへ寄越せ。」

移動箱止まり場の前にある小さな番小舎に着くと、守兵の一がいきなり命じた。この番小舎は守兵の詰め所であって、そこにはゴリラと呼ばれた巨漢と同じ位に太った、だがその横幅から比べるといやに背の低い、やはり紺色の毛皮を纏《まと》った守兵頭が待っていた。守兵一がいやに嵩《かさ》にかかった態度で巨漢に命じたのにはいろいろな理由が考えられる。その理由のまず第一は自分の詰め所に帰って安心したこと。次いで並の猿が大勢いないこの小舎の中では、どれほど横柄な態度を示しても非難がましい目では見られないだろうと覚《さと》ったこと。次に、強い守兵頭がいるということで安心したということ。それから、（これが最後の理由。そして、この理由こそ最も猿らしい、猿の常識的な理由になるのであるが）守兵一は恐らく守兵頭の前に出て、自分の手柄と自分の強さを守兵頭に誇示する為に、大声で巨漢を吼鳴りつけたのであったろう。

「いやだ、これは俺のもんだ。」

巨漢は逆らった。箱の中から連行される時も大事に持ち運んできた飲み物である。命の水である。これを取られることは命にさえも係わるというような素振りで、巨漢は大壜と器を大事そうに胸に抱える恰好をした。

「このやろう。黙って言うことを聞け。」

突然破《わ》れ鐘を叩くような大声で守兵頭が呶鳴った。それは守兵一の声の二倍半ほどもあろうかと思われるほどの図太い声であった。巨漢の顔に自分の顔を打ちつけんばかりの剣幕であった。紺色の毛皮に象徴される猿の規範を最大限に誇示《こじ》するような大声に、巨漢は仕方なしに大壜と器を足元に置いた。

「そこへ坐れ。」と、卓の前の席を示して、また守兵頭が呶鳴った。巨漢はそれにも従った。が、移動する前に、先ほど置いた大壜と器を持って、自分の坐るべき席のそばに、卓のもとにそれを運んで行くことを忘れはしなかった。

巨漢の坐った前には守兵頭が陣取った。蟹《かに》のような角張り型で両肘《ひじ》を突っ張り、蛙のように頭を突き出し、上眼遣《うわめづか》いで、平然と守兵頭は巨漢を睨みつけた。三匹の守兵は巨漢を取り巻くように背後に立った。守兵頭と巨漢が向き合っている卓から少し離れて、横に、猿男《サルヲ》、猿太《サルタ》、猿江《サルエ》が腰を掛けた。こちらの三匹は被害猿及び目撃猿である。

「おい、住所はどこだ。」

「そんなもの、俺にはねえ。」

「名前は？」

「忘れちまった。」

「なに？　守兵頭を馬鹿にするか。」

「だって、使わねえもん、忘れちまわあ。」

「そんなこと言いやがって、うぬはゴリラか。」

「いや、俺は猿だよ。」

「ふうん。猿のくせに名前も住所もねえだなんて、そいじゃ猿として認められはしねえよ。猿にはちゃんとした名前と住所というやつがあるもんだ。お前は今、何処に住んでいるんだ、えっ、おい、ゴリさんよ。」

「俺が住んでいるのは日本よ。日本からは容易に出たこともねえ。」

「このやろう風来坊か。」

「風来坊じゃねえ。日本の中ならば何処にでも住む。」

「そんなのを風来坊って言うんだ、猿の世界ではな。」

「そんならそんでいい。なんなら俺は、風来坊って名前でもいい。」

「風来坊って呼ばれてもいいんなら、ゴリラと言われたって怒るがことはないじゃないか。えっ、おい、そうだろうが。」

「名前なんかなんだっていいよ。けど、俺はゴリラじゃねえ。」

「なんだと。何を言いやがる。名前なんかどうだっていいと言うのなら、ゴリラだっていいわけじゃねえか。それをお前は、ゴリラと言われて何をやりやがった。えっ、どうなんだ。」

守兵頭の言葉の途中で巨漢はぼそぼそと「けど、俺はゴリラじゃねえ。」とまた呟《つぶや》いたが、守兵頭はそんな呟きなど呶鳴り声の下へ押し潰《つぶ》した。巨漢はどうにも仕方なしに黙り込んだ。下俯《うつむ》いて鼻くそをほじくりだした。鼻くそをほじくっては、それを目の前へ持って行き、親指と人差指と中指でもって器用に丸め転がして、弄《もてあそ》んだ。

「きったねえな。ほんとにゴリラみてえなことをしやがる。えっ、どうなんだ。」

守兵頭はほんの先刻までこの小舎で独りきりであった時には、なすことのないままに鼻毛を抜いていたのであった。そのことをすっかり忘れてしまったのである。まさかに鼻毛と鼻くそとには雲泥の差があると考えて、それで巨漢の小さな作業を屎味噌《くそみそ》に非難しているわけでもないであろう。

大勢の猿が見ている前で鼻くそ取りの作業をしていることを非難する口調でもなかった。

「そりゃ、なあ、旦那。」巨漢は手の作業こそやめたが、まだもぞもぞしながら、のんびりと応じた。「ゴリラなんて呼ばれりゃ、誰だって怒りますさあ。そうじゃありませんか。猿なんか俺は嫌《きれ》えだ。衆ばかり頼みにしやがるから嫌えなんだ。だがなあ、嫌《いや》だけんども、俺だって、仕方なしに、やっぱり猿なんだもんなあ。それをゴリラだなんて言われちゃ、やっぱり放ってはおけねえんだ。どうしたって猿なんだもんなあ。」

巨漢の言葉つきには、猿であるからいやいや猿として生きてはいるが、叶うことなら自分は猿以外の、もっと違った生きものに生れ変わりたいのだという自嘲的な情調が出ていた。ところが、そんな情調など誰も気にかけはしない。

「頭さん、駄目よ、こいつにこんなこと言わせておいちゃ。自分は猿だって言いながら、まるっきり猿を侮辱するようなことばかり言っているじゃないの。こいつは腹の中までゴリラなのよ。猿を呑んでかかっているじゃないの。」猿江《サルエ》が横あいから喚《わめ》きたてた。

「この牝猿が……。」

巨漢は今にも飛びかかろうとする様相で猿江《サルエ》を睨みつけ、身体を震わした。その時、守兵頭が吸鳴った。

「黙れ。うぬは黙っとれ。たとい相手が雌であったにしても、猿を譏謗《ひぼう》するような口吻《こうふん》は許さんぞ。」

　呶鳴られて巨漢は言葉を口の中へ押し戻し、口の中でぼそぼそと「雌という奴はなんというえげつない口の持ち主なんだ。」と、呟いた。しかし、そんな口の中の呟きなど誰の耳にも届かなかった。

「そうですよ、頭さん。」と、猿太《サルタ》が猿江《サルエ》の言葉の尻馬に乗るような口振りで言った。「この牝さんの言う通りです。こんな猿らしからぬ恰好をして、生きているだけでも猿を脅《おびや》かし、猿の世界の規範は平気で踏み躙《にじ》るし、猿の社会の役にも何にも立たぬ奴など、すぐさま死刑に処すべきですよ。ねえ、頭さん、こんな奴を生かしておいても、ただ物騒なだけですよ。こいつがあくまでも自分は猿だって言い張るんなら、猿の規範に則《のっと》って、すぐさま処刑しちまうべきですよ。私は投げ飛ばされたんですぜ。それにこの牝さんも投げられた。私は投げられて、危うく死ぬところだったんですぜ。こんな奴は死刑にされるのが相当なんだ。猿の規範を平気で踏み躙るような奴が堂々と移動箱に乗っているようじゃ、俺たち小心な庶猿たちは安楽に生きてはいけませんよ。」

「うん、そうだ。本当にその通りだ。ねえ、守兵頭、この雄さんの言う通りです。猿というのは小さな動物なのです。一匹だけでは生きてはいけない動物なのです。助け合わないでは生きてはいけない動物なのです。それをこいつは自分一匹だけで生きているような、他を気遣おうとしない生き方をしている。こいつは死刑に値すると、大番所に言ってやったほうがよくはないでしょうかね、守兵頭。」と、守兵一が猿太《サルタ》の言動を取り上げた。

「お前たちはどうだ？」と、守兵頭は守兵の二と三に尋ねた。

「守兵一の言う通りです。そうです、お頭のお考え通りです。」守兵などという役柄よりもその場の状況をつかむことに長《た》けていなければならぬ。それに紺の制服を着たお頭の気持ちに添わなければならぬ。それを知っているからこそ守兵二はすぐさま答えたのである。守兵三は二の言葉にあわせて、大きく頷《うなず》いた。

「そうか、それでは久し振りに大番所へ死刑を進言してみるか。」

「何を、このデカ。」

巨漢はいきなり立ち上がって守兵頭に飛びつこうとした。ところが、その時素速《すばや》く守兵頭は一歩飛び退き、あわてて棒を手にした三匹の守兵たちが巨漢を遮《さえぎ》ったので、巨漢の手は守兵頭に届かなかった。

「守兵頭だと？　何をぬかしやがる。お前は単に、猿の中のデカ物に過ぎねえじゃねえか。それもただ並の猿よりも身体がちょっとばかりデカイだけじゃねえか。そのちょっとしたデカさを紺の服を着て正当化しやがって……。俺はそんな正当化が屁《へ》でもねえこと知ってるんだ。俺が猿の世界に愛想をつかしているのはな、そんな正当化で、衆の猿の本当の先導者を生殺しにも何にもしちゃう、その小さな根性の寄り集まりが嫌になったからなんだ。衆からちょっと変わった様相をしているだけで、なんでお前らはすぐに猿じゃねえなんて言い合うんだ。生きるのに、いつもびくびくしてやがるんだろう。だらしがねえんだよ、猿なんざ、せいぜい、そんなところなんだ。俺は猿なんざ、大嫌えだ。」

「よしよし、ゴリさんよ。お前はそうやって飽くまでも猿の悪口を言い続ければいい。そうすればますますお前は猿として認められなくなるんだ。猿以上のものになろうとすればするだけ、ゴリラ扱いをされることになる。それで猿の世界が安泰なのさ。」

守兵頭は巨漢に近づくと両手に錠を掛けた。巨漢はもう観念したのである。それだから温和《おとな》しく錠を掛けさせたのである。こういった観念のよさはやはり猿の猿たる由縁である。ゴリラと呼ばれ、蔑《さげす》まれながらも、やはり巨漢も単なる猿なのであった。

事件は解決した。守兵頭がそう宣言した。

「御苦労であった。」と、守兵頭は猿男《サルヲ》を労《ねぎら》った。猿太《サルタ》と猿江《サルエ》にも言葉をかけて、気をつけて帰るようにと労った。猿男《サルヲ》が小舎を出た。猿太《サルタ》と猿江《サルエ》も小舎を出た。だが小舎に入って来た時とはまるで様子が違っていた。どの一匹の心臓音を聞いてみても、この小舎に入って来た時の気持の高ぶりは少しも感じられなかった。猿男《サルヲ》は何かがあっけなく終ってしまった後の遣《や》る瀬なさを思っていた。猿太《サルタ》と猿江《サルエ》はこれから始まるだろう雄と雌の、猿らしい、最も猿らしい戯れに期待を馳せて、手を繋《つな》ぎあったり、顔をくっつけ合ったりしているのだった。

巨漢は一晩牢獄に繋がれることになった。牢獄からは星空が見えた。星は光を地上に投げ落し、地上の視線は宙空に引き上げられる。宙空は体重を必要としない世界である。そこは夢の世界である。地球上のものは全て体重により、重力によって規制されている。

〝猿の世界とてそうだ、猿同志の相関関係は重力によって縛られているのだ。〟と、巨漢は考えた。〝俺はあれ以来、重力に頼る競争をやめたのだ。猿の世界の重力とは、大岩の重さと小さな石ころの重さを較べるようなものではない。小さな石ころをどう寄せ集めるか、それが猿の世界では最も重んじられる猿知恵というやつの正体だ。そう納得しえた時に、俺はふと寂しくなった。この寂しさが俺の重力をまるっきり奪い取ってしまったのだ。このふとした寂しさが、俺を、重力よりも宙空に浮かびたい軽さにと誘惑したのだ。誘惑された宙空の広さに、俺は重力以上の、もっと渺茫《びょうぼう》たる果てしなさを思うようになった。それはあの時以来だ。〟

巨漢はふるさとを思った。巨漢にも、こうして思いを宙空に馳せれば、ふるさとなる思いの地はあった。それは既に過去のものである。過去のものは現実のものではない。守兵頭に住所を問われて、術《すべ》もなくきっぱりと「そんなものはねえ。」と答えたのは、現実を守る守兵達に取り巻かれて、現実の場でのみの答えを発したからにすぎない。これがもし守兵達に取り巻かれたのではなく、現実の重さに窮している孤猿と会したのであったなら、「俺の故郷はなあ」と、懐旧の情が漏れたに違いないのである。巨漢は、ごく少数には惜しまれながら、多数には背を向けられながら、ふるさとの猿山を後にしたのである。〝それもこれも、重力に於て負けたからだ。〟と、巨漢は星を見上げて述懐したことであった。

猿の集団には大ボスの存在は欠かせない。必要と不必要を問わず、有益と有害とを問わず、集団の中には、大ボスが存在するのである。大ボスの存在は、その集団の個の猿にとって、或る時は頼みとも思えるし、或る時は邪魔な醜怪な余計者とも思われる。何故かというに、その大ボスなる雄は確かに並の猿でないことは一面では頷《うなず》けるが、その一面というのが曲者《くせもの》で——大ボスが秀でているその一面とは、猿が心底から欲求する玉葱の中芯の「真理」なるものと一致するかどうか──それを問題にすると、大ボスに己の、個の命を任せ切るだけの信頼を置けるかどうかが疑われる時があるのである。玉葱の中芯を欲求しないような一面に秀でているだけで、巧みに多数の猿を丸め込み、多数を重力にして大ボスの位置を獲得しただけに過ぎないと、そう見極めをつけた個々は、大ボスになったその雄を尊敬も出来ずに絡《から》むのである。絡めば当然、そこには重力争いが起きる。猿の世界では、個も重力であれば、数も重力である。個の重力には絶対的なものがある。が、数の重力には相対的なものがある。『個』が『数』に優ると考えるのは、猿の世界のあり方を知らないものの戯言《ざれごと》にすぎない。猿の世界では、絶対は相対に負けるのである。そうして巨漢も負けた。巨漢は寂しさのみか、猿と生れて猿の世界に住んでいる果敢《はか》なさをさえ感じたのであった。それ故の放浪の旅であった。相対に縛られる世界から抜け出そうとの目論見であった。〝だが、それも許されない命のうちなのであろうか。〟と、巨漢は、牢に繋がれて、星空を見上げながら述懐したことであった。

　オリオンの星は飛んでいた。北斗の星は地平線に垂れていた。巨漢は星に名前があることなど知りはしない。星は一つ一つ、遠く地と距離を距《へだ》てていて、決して遠くもならなければ近くもならないと見ていた。地には闇があって、空には光るものが点々とあることを思っていた。〝猿山を御するものはこの闇をも御さなければならぬものだ。〟と、巨漢は考えた。〝俺にはそれほどの力はない。ということは、やはり俺は、猿山のボスとなるには価しない猿奴なのだ。この闇を御することを知らない俺が猿山のボスになろうなどと考えたことは間違いであったのだ。〟

牢に繋がれ、闇の中で空の光を見上げながら、巨漢は初めてそれを知ったのであった。この闇がどうして明るくなるのか、巨漢はそれを初めて知った。闇がほんのり白く明るくなる時、空の光が消える。空の光が消える頃に闇は薄らいで、ほんのり明るさと入れ替わる。ほんのり明るさの白みが赤くなりだす頃に、空に赤く燃え続ける丸い光が起きだして、そいつが目も眩むほど威厳を放ちだす。そいつの威厳がこの地上に満ち満ちれば、そいつは威厳らしい目くらめきなど捨てて、燃えることさえやめて、黄色い明るさで、本当の明るさの世界をもたらすのである。

朝、地上には賑《にぎ》やかさが踊りだす。この賑やかささえ、黄色い明るさをもたらした赤い威厳の仕業《しわざ》であった。賑やかさは遠くからがやがや、そぼそぼと動きだす。一夜眠らずにいた巨漢は何故か、そのがやがや、そぼそぼに親しみが持てた。それはどういう風の運びかは知れないが、ふるさとの声のように聞き取れた。〝故郷の猿達の鳴き声は確かこんな風であった。〟と、巨漢は、地からとも空からともなく聞こえてくる声に耳を欹《そばだ》てた。ふるさとを出てから、歩いたり走ったり、移動箱に乗ったり、何処を何処というあてもなく、しかしそれ相当に遠くまで来ている筈であるから、風の運びにもふるさとの声など届いて来るわけがなかった。

これほど遠くに離れると、思ってもいなかったふるさとのことが懐しく思い出されて来るように、憶測でさえ計れない遠くの土地の声が遠く離れれば離れただけかそけく声が響いて来るのかもしれなかった。もう死刑の身と決まってみれば、聞こえてくる幻の声にどれほど魂を奪われてもそんな自分に不満を抱くがほどのこともあるまい。もしや、明日の身も知れぬ身なればこそ、幻の声が聞こえてくるのやもしれぬ。巨漢は身を任せて、じっと蹲っていた。

耳に届くその響きには幻と現実の境はなかった。それは目に見る光の推移のうちに闇と薄明の境がないのと同じである。巨漢が幻の音と聞いていたものは、いつかそれは現実の音であった。〝あっ、猿兵衛の声だ。〟と、巨漢は聞き分けた。〝おお、猿之助の声もある。猿五郎の声もある。〟それは確かに聞こえてきたのである。

「猿之丞殿。」と、声は呼んだ。

巨漢は声を限りに合図の鳴き声をたてた。未練のない浮世はもう捨てた筈《はず》であった。それなのに浮世の岸からの呼び声に必死で応えたのである。巨漢は立ち上がり、飛び跳ねながらきゃっきゃっと叫んだのである。ふるさとの声のあまりの懐しさに、思わず躍り上がったのでもあったろう。「おお、此処だ、此処だ。」そう言って守兵詰所に押し掛けたのは五匹の集団であった。

猿兵衛、猿之助、猿五郎、猿衛門、猿源太――この五匹は猿山の代表として選ばれて、猿之丞を探しに来たのであった。猿之丞のいない猿山に、ささいなことから騒動がもち上がり、重力争いにまで発展した。革命であった。その果ては猿山の長が失脚することとなり、猿之丞を長と仰ぐ為に、代表五匹が打ち揃い、猿之丞を探しに野越え山越え、臭いを頼りに後を追って来たのである。

「何だ、お前らは？」

守兵頭は威厳を正す為に卓の前の椅子にふんぞり返って坐っていた。

「我らの長さんを迎えに来たじゃに。」

五匹の代表として猿兵衛が口を切った。「じゃに。じゃに。」と、他の四匹も和した。

「お前らの長など俺は知らん。」

守兵頭は相変わらずふんぞり返って、猿兵衛の問い掛けに答えた。

「守兵頭さん、それはねえじゃに。」

「じゃに。じゃに。」と、また他の四匹が和す。

「さっき、長さんの呼ぶのが聞こえたのじゃに。」

「おい、お前たち、心当たりはあるか。」

守兵頭はいきさつを見守って構えていた守兵たちに問うた。守兵たちはそれぞれに自分の鼻の頭に蜂をでも止まらせているかのように、きょとんとしていた。

「そんなもの知らん。此処にはお前らの長など居りはせん。」

守兵頭はまたふんぞり返った。

「嘘を言うじゃねえじゃに。俺たちみんな声を聞いたじゃに。何としてでも連れて行くじゃに。誓って山を出て来たじゃに、この小舎さぶっ毀《こわ》しても俺らの長さんを連れて行くじゃに。」「のう、のう。」と猿兵衛は他の四匹に相槌を求めた。「じゃに。じゃに。」と、四匹はまた和した。

「この小舎をぶっ毀すだと？　そんなことをすれば、お前らはみんな死刑だ。どんな隅っこでも探してみろ、お前らの長など、此処にはいはしないんだ。探しても見つからなければ、お前らみんな死刑だぞ。」

「頭さん。」その時、守兵一が小声で呼んだ。「あのゴリさんのことじゃないでしょうか。昨日のあの風来坊の……。」

言われてみれば守兵頭もそんな気がしてきた。そこで昨日のゴリを連れて来いということになった。手に錠を掛けられて連れて来られたそのゴリなるものは、正しく猿山の代表団が探し求めていた猿之丞その猿だったのである。

「守兵頭さん、これはゴリラじゃねえ、猿之丞という名前じゃに。俺たちの長になる立派な猿じゃに、のう。」

引き出されて、巨漢は喜んだ。猿山の代表団の喜びようも並のものではなかった。すぐにどちらからも飛びついて、巨漢も、猿兵衛以下の四匹も、抱き合うように、擦り合うように、身体と身体を揉み合うのであった。この揉み合いで、巨漢がゴリラではないことは十分に証明された。そればかりか巨漢はこの五匹と同じ山の猿たちであることも証明された。猿は気持を偽ろうとはしないから、他の山の猿とこんなふうに毛皮を擦り合わせることは素振りにもしないのである。守兵頭とて、そのぐらいの猿の慣習のあり方は知っている。こうして確かに巨漢がゴリラでないことも、猿山の長となる大物であることも納得できたのである。長たるもの、徒《いたず》らに卓の前でふんぞり返ってはいない。世の平和になるだろうことを納得しうれば、それだけの権威は持ち合わせている。巨漢の錠を解くことを守兵に命じることも、その権威の施行のうちなのである。

守兵頭の命令によって、猿之丞は縛を解かれた。

「猿之丞殿、さあ、帰りましょうじゃに。」

猿兵衛の指図によって猿源太が、隅に投げ捨てられていた巨漢の荷物を背負った。三つに振り分けになっている包みを、とまどいながら二つを振り分けに左肩に背負い、余った一つの緒で首を絡《から》げるようにして左から右肩へ廻した。馴れない猿の不恰好さであった。

「猿之丞殿、俺らの長さんになってくれるじゃにのう。」

巨漢は黙って、大壿と器を取り上げ、一同は守兵小舎を出た。出がけに猿衛門が巨漢の持っている大壿と器を持とうとしたが、巨漢はそれを拒んだ。「長さん、俺が持つじゃに。」と言ったが、巨漢はそれを許さなかった。以前に猿山を出てから命を支えてきた大壿と器だけに、手離すことは出来なかったのである。

「猿之丞殿、俺らが奴を長に押し上げたのはいけんかったじゃに、どうか怺《こら》えて、俺らの長になって下しゃんすのう。前の長の猿麻呂奴は非道な雄じゃに、猿山から追放したじゃ。猿麻呂奴は雌をなんぼも抱え込むじゃの、蓄えを抓《つま》み喰いするじゃの、長の役に堪えん奴じゃにのう。猿之丞殿、どうか長さんになって下しゃんすのう。」

猿兵衛は途々猿之丞を口説くのであった。

移動箱に乗りもした。山を歩き、谷を歩き、馳けたり、寝転んだりもした。一行はふるさとの匂いのする方へ進み続けた。巨漢は一言も漏らさず、道中を供にした。もうふるさとの匂いは目と鼻の先の近さであった。

「さあ、もう一息じゃに。」

一行は長かった旅の終わりを懐かしむ為に、草原に休息した。寝転んで草を食むもの、膝を抱えて坐るもの、木に登るもの、土に身体を押しつけるもの、みなそれぞれに間近いふるさとの匂いを他所《よそ》の地で味わうのであった。

巨漢は立ったまま空を見上げていた。追われるように猿山を出てから初めて知った空の広さが、やはり巨漢の上空に拡がっていた。

〝ああ、俺はゴリラになりたい。〟

巨漢はこの時初めて自分の胸の奥にある真意を知ったのである。ふるさととの狭苦しさも、猿の長としての堅苦しさも、全て推し量れる範囲のことである。だが、ゴリラの命の生き様には、不測の深みがあるように思えたのである。猿の身がゴリラの身に成り変ることが可能であるかどうか、猿之丞にも解らなかった。だが、このまま猿の長に祭り上げられるのは意のうちではなかった。

〝ようし、俺はゴリラになることを目指すのだ。〟巨漢は逃げだそうと意を決したのである。〝猿なみの尊敬は猿ごとに過ぎない。〟と。

意が決すれば、行動は早い。見つからぬよう、音のせぬよう、四つ足で数十メートルを匍匐《ほふく》前進し、その後は四つ足で馳けた。別に目的地とてなかった。ふるさとを背にして、その匂いを振り切ろうとしていることだけが確かであった。遠くからかすかに自分を探し求める声が聞こえて来る。休息を終ったふるさと代表の猿の仲間たちが呼び求める声である。仲間が仲間を呼ぶ声である。が、巨漢はもう猿の声を聞こうとはしなかった。ゴリラに成ることをのみ思い続けて、猿の声を振り切ろうと、ひた走りに走るのであった。

猿たちが仲間を呼ぶ声が広い草原の宙に掠《かす》れて消えていった。

「猿之丞殿――。猿之丞殿――。」

牝犬のタロウ

阿《あ》

タロウは牝に生まれついた。母はどこの誰だか覚えちゃいない。だから勿論、父などいるのかいないのか、どこの誰にも分かっちゃいない。とにかくタロウは、小雨の降る中をふらふら歩いていた。〝人〟を見ると、随いていってみたり、逃げだしてみたり……。そこに通りかかったのが、小学校一年生の和男であった。

「かわいいなあ。」

和男はしゃがみ込んで傘をさしかけ、タロウを撫でてくれた。ちょうどそこへ近所のおばさんが通りかかった。

「おばさん。この犬、牡なの、牝なの？　牡なら飼ってもいいって、お父さんが言ってるんだ。」

おばさんは中腰になって、ちらっとタロウの尻を見て、

「これは牡よ。よかったわねえ、和男ちゃん。」と言った。

タロウは和男に抱かれて、途中何度かずり落ちそうになると、また抱え上げられて、今井家にやってきた。

「お母さん、飼ってもいいでしょ。これは牡だって、おばさんが言ってたよ。」

「そう。どこのおばさん？」

「あっちの方のおばさんだよ。ね、飼ってもいいでしょ？」

「お父さんがいいって言ったらね。でも、本当に牡なの？」

しかし道子はタロウの尻も見ず、顔を見ただけであった。母親にまとわりついて一緒に家から出てきた美和子も、ちょっと恐ろしそうにもの珍しそうに遠くから見ていたが、やがて、できるだけ遠くから手だけを円形に差し延べて、タロウの頭にちょっと触った。そして「きゃっ。」と言って手を引っ込めた。そして笑って、大喜びの足踏みをし、また暫く後に手を差し延べて、美和子は触った。

こうしてタロウは子供たちに懐いていった。


夕方、家に帰ってきた義弘は、紐に繋がれていたタロウを見た。道子と子供たちが庭に出てきて、この小犬がここにいる理由《わけ》が道子から夫に伝えられた。

「ね、飼ってもいいでしょ？」と、和男が訊いた。

「本当に牡だったらな。」と義弘は言って、タロウの足を持ち、その陰部の辺りを眺め見た。

義弘には、牡犬なら飼ってもいいという不文律があった。子供の頃から、家では何匹かの犬を飼っていたが、それらはすべて牡であった。「牝犬だと、盛りがつくとどこからか牡がやってくるし、子が生まれると、その処分にも困るからだ。」と、母から聞かされたことがあったから。道子の家でも犬を飼ったことがあるが、みな牡だったという見解で、両親の意見は一致していたのだった。

「うん。牡らしいや。」と義弘は言った。

こうしてタロウは今井家で飼われることになった。そして〝タロウ〟と命名された。が、その数日後、今井家にやってきた義弘の姉から、タロウは牝だと見抜かれた。

「いや、あの辺りがちょっと出っ張っていたものだから。」

と義弘は照れ笑いに紛らしたが、今更捨ててこいとも言いかねて、そのままタロウは飼われることになったのである。

日曜日、縁の下から板切れと古トタン板が持ちだされた。トタンの屋根には赤ペンキ、周囲の板には青ペンキ。こうしてタロウの犬小舎が出来上がった。

小さなタロウは大きな小舎をあまり好きではなかった。だが、潜り込むところはここしかないと意識した。タロウという名前もぴんとこなかった。だから呼ばれても尻尾は振らない。鎖を解かれると、どことなく放浪した。

「犬っていうのは、三日飼われると飼い主の恩を忘れないって言うけど、このタロウは普通じゃないよ。」

義弘のそんなことばを和男も半ば理解した。和男も少しタロウに飽いてきたのだった。

タロウは与えられた餌も食べるが、道端のごみも漁る。生まれついての習性というものは、やはりあるものか。そんな汚点に蝕まれてか、タロウはいつの間にか、ジステンパーに侵されていた。だからよたよた歩いていた。

「これは何ですか。」と、散歩の途中、近所の成金旦那はタロウを見て、訊いた。

「はあ。」と、義弘は顔を上げたが、きっぱりとこう答えた。

「これは犬です。」

義弘はタロウを引いて歩きながら腹笑した。〈あいつの家には犬はシェパードとコリー、自動車はベンツに、オートバイはハーレイ。だから多分、タロウの品種を問うたのだな。〉

タロウの存在がこんなに飼い主を喜ばせたのは、これが初めてのことであった。

「行くところを見てるのは嫌だから、わたしはどこかへ出かけてるわ。」

昨日はそんなことを言っていた道子は、やはり家にいた。

「朝ごはんをあげようかしら。」

「ああ、思いっきり美味いものを食わせてやれ。」

昨日の残りのすき焼きの汁に肉も少し入っていたが、タロウは殆んど食わなかった。最近タロウは朝晩二度の食事も残しがちで、まるっきり口さえつけないこともあった。与えられた牛乳で、やっと飢えを凌いでいた。拾われてきて二か月余り。病気にでも罹ったようで、歩くとよたよたして、その上異臭さえ放つようになっていた。

「やっぱりこいつは駄目だな。これは人間の勝手さだが、愛情も湧かないものを飼ってたって仕方がないだろう。かといって殺すのに忍びないからって、その辺に逃がしてくれば人迷惑になるに決まってるんだ。人間中心の世の中なんだから、こうなったらきっぱりと保健所へ置いてくるのがいちばんいいのさ。和男や美和子も納得したようだし、今度はもっときちんとした雑種をもらってくればいいのさ。こんな病気に罹って汚くなっちゃったやつをいつまでも未練がましく飼ってるのも忍びないよ。」

義弘はそう言ってタロウの鎖を引いた。道子は茶の木の蔭から見送った。鎖に引かれてよたよた歩いていくタロウを見ていると、やはり涙が流れてくる。和男は学校。美和子は幼稚園に行っている。

保健所までは歩いて十分ほど。タロウは休み休みそこまで引かれて行った。もう、五メートル歩くのさえ苦痛なのだった。そして三十分もかかって、やっと保健所に着いた。

「犬を連れてきたのですが、どうしたらいいのでしょう。」

と、義弘が保健所の庭にいた男に訊いた。

「犬はそこの金網の中へ入れて、それから三番の窓口へ行って手続きして下さい。」

金網の中には、もう既に五匹の犬が入っていた。大きいのやら、小さく可愛らしいむく犬やら……。

義弘は金網の具合を見て、上蓋の鉤を外した。そして、タロウは抱き上げられ、その中へ放り込まれた。地面にどたりと落ちて、くふんといったが、それ以上にきゃんきゃん鳴きはしなかった。義弘は他の犬に噛みつかれるとでも思ったのか、さっと手を引っ込めて、そのまま恐る恐るもと通りに鉤をかけて、立ち去った。

タロウはしきりに尾を振って、ただただ義弘の立ち去る方を見ていた。タロウは運命などということを知らない。

義弘は去りがてに先刻の男に尋ねていた。「あの白い可愛い犬、スピッツですか。あれを貰うことは出来ませんか。」

「一度遺棄登録をしたのはだめだね。」と、男の声。

ちょっと後をふり向いて立ち去っていった義弘が保健所の三番窓口でタロウの遺棄登録をして、人間第一主義の社会秩序を守るために何千円かの報奨金が、その手元に支給されていることなど、タロウは知りもしない。吠える力もなく、寂しい目で、金網越しに、保健所の庭を見ているだけであった。

カラスよ

浩平は三十数年ぶりにそこへ行ってみた。しかし、そこはもう松林ではなかった。そこには旅館が建てられ、大谷石の垣がめぐらされていた。松の木が僅かに一本、その石垣の内側に、昔の名残のまま、伐り残された太さで、天に聳えて風のうなりをうけていた。

この道を左にとれば、両側には人家が立ち並び、その道は五十メートルも行かずに、昔どおりに行き止まりになる。突き当たりに見える人家の様子で、浩平にもそれが分かる。かつてはこの道の突き当たりも、道の右側も林だったものだが。そして浩平の正面にある道は、かなりの急傾斜で田んぼに下っている。その勾配も、曲折も、道は昔のままの蛇行を保っているに違いない。雪の降った日にはスキーを履いて滑り下りたものなのだが……。それにしても、こんな所にまで道路の舗装が行き届いているのは、これも車社会の恩恵というものか。

浩平は、田んぼに下るはずのその道を下りてはいかなかった。立ち止まって、見えない田んぼを見るような気持でしばらく躊躇していた後に、右へ、旅館の石垣沿いに歩きだした。

〈ああ、やはりあの松林はなくなっていた。〉

今しがた、浩平は、自分の住んでいた家の辺りの変貌ぶりをその眼で見てきたばかりであった。どこがどこだかまるで判らなくなってしまった町中と違って、この辺りにはまだ昔のままの勾配や曲折が残っていることが、浩平の救いであった。

〈昔住んでいた家の辺りから、大人の足で十分もかかったのだから、子供の足では二十分近くもかかったことだろう。それにしてもどうして子供のおれが、こんな所の松の木の高みにあるカラスの巣を見つけることができたのだろう。〉

あの頃、浩平は小学校の六年生ぐらいだった。

できるだけ長い篠竹を見つけだして、それを持って家を出ようとした浩平を見つけて、庭で遊んでいた弟とその友達が後についてきた。

「兄ちゃん、どこへ行くの?」

「カラスの巣を取りに行くんだ。」

「ついて行っていい?」

「うん。遠いけど、来たければ来たっていいよ。」

一人で行くつもりでいた浩平は、二人のお供を連れて、いくぶん気持が高鳴った。

途々、何を話したのか、何も話さなかったのか、今はもう憶えてもいない。ただ、松林に着いてみると、そんな棒の長さでは、とても巣のところまでは届かないことが分かった――それだけは忘れていない。

「おれがあそこまで登ったら、この棒を渡してよこせ。」

いちばん下の太枝を指さして、浩平は弟に命じた。そして登り始めた。

木登りは浩平の得意だった。その太枝までは幹に抱きついて登り、そこで篠竹をうけ取った浩平は、今度は枝を伝って登っていった。危険を察したのか、親鳥たちが浩平の頭上を旋回し始めた。

浩平もカラスを恐れた。が、手に持った棒は武器として心強かった。〈もし急降下してきたら、この棒で叩き落としてやるぞ。〉と、むしろ逆に親鳥を棒で威嚇する素振りさえ見せてやった。

この時、浩平には、松の木を吹く風の唸りは聞こえていなかった。ただ、カラスの巣の一点と、飛び回る親鳥たちの飛翔の姿だけが、全注意力を傾注すべき対象であった。

こうして登りつめて、周囲の空を見回すと、親鳥たちはもう浩平を襲う目論見を捨ててしまったのか、急旋回はやめて遠巻きに飛び回っているだけであった。巣を棒で突くと、カラスの雛が三羽、地面へ舞い下りていった。

雛の一羽は懸崖《がけ》の藪の中に、また他の一羽は松林に舞い下りた。そして別のもう一羽は田んぼの方へ舞っていった。それを確かめて、浩平も急いで木を滑り下りた。

藪の中のは諦めて、松林の中に下りたのを探す方がいいと浩平は思い定めて、松の木を離れるとすぐにそこを目当てに駈けつけた。だが、そこいらの芝草の中には、もうカラスの雛の動く気配さえなかった。

「こっちだ。田んぼの中のやつだ。」

弟たちに声をかけると、浩平は懸崖の草むらを転げるように滑り下りた。

崖下の道に下りてみると、田んぼの中に雛がいた。浩平は裸足になって入っていった。

こうしてやっと、カラスの雛の一羽を捕えることができたのであった。

〈今度はおれだけのものだ。〉子供の頃に、年上の友達と一緒に取った屋根瓦の中の雀の雛は数が足りなくて、結局は浩平だけが分配に与《あずか》れなかった――そんな思い出もある。

だが此日は凱旋将軍の心躍りで家路についたのであった。

「ほら、可愛いだろう。」

物置の中から探しだした鳥籠に入れて、自慢げに、浩平はそれを姉に見せた。

「まあ、可哀そうに。震えているじゃないの。」姉は泣きそうな声で言った。「お母さんのカラスは、きっと、気も狂いそうにこの子を探しているわよ。すぐ返してらっしゃい。ねえ、可哀そうよねえ、お母さん。」

「返すって、どこへ？」

「その松林へよ。このままだと、どうせ死んでしまうわ。」

母も同じ意見だった。どうしても、飼うことは許されないという。どれほど目に涙をためて頼んでも、二人の意見は同じだった。どうしようもなかった。

浩平は、鳥籠から出したカラスの雛を抱きかかえて、長い道のりを、またこの松林へ、とって返したのであった。

〈あの雛は、あれで生き返ったのか。それとも、あのまま死んでしまったのか。生きていたとすれば、何代目までこの松林の中で住んでいたのか。それとも、危険を感じて、あれからすぐに引っ越してしまったか。〉

浩平はつい昨日まで、そんなことを少しも思いだしたことはなかった。あのカラスの雛の思い出の数年後に、浩平の家族はこの町から引っ越してしまったのであった。それからまた二十年以上もたつ。浩平は父親となり、その一人息子は今年大学へ入学した。と同時に息子は髪を染めたり、脱色したり。当然、親と子の間には紛糾があり、挙げ句の果てに息子は「下宿をしたい。」と言いだす始末。腹が立つやら、呆れるやら、しかし、そんな息子でも、一個の人格として考えてみると、理解できる部分があるにはある。

「よし。やるならやってみろ。ただし四年間だぞ。四年間で、大学は出ろ。」

「うん、分かってるよ。ところで、親父、その下宿代は、ぎりぎりの最高額いくらまで出してくれる?」

〈世話になっていながら、あくまでも威圧的に出てきやがる。〉そう思いながらも浩平は腹積もりをしたり、自らを心宥めてみたり、〈飛び立つものはこんなものか。〉と思ってみたり。

そんな数日数か月が過ぎて、一人息子はついに、友人の自動車で、布団と僅かの家財道具を積んで家を出ていった。

「寂しくなったわねえ。結婚した頃もこんなだったかしら……。二人だったのが、三人になって、また二人ね。子育てなんて、考えてみると、あっという間ね。」

妻の心の底には、今まで息子に込めてきた万感の情が――それを『愛情』と言ってしまえば一言ですんでしまうが、そこには、決して自分の意のままにはならない『分身』に対する或る種の憤懣《ふんまん》も含まれているようだった。大学に入学してから半年以上も電車に乗って通学していたのだから、家からでも通えない距離ではないのだが、アルバイトをしてでも下宿をしたいと考えた息子には息子なりの考えがあったのだろう。やはり一抹の寂しさはあるものの、浩平には、息子の心も妻の心も、一応は理解できる。

そんなことのあった一週間ほど後のこと、妻は、東京にある実家の母の所に泊まりに行こうと思うが「あなた、どうする?」と、浩平を誘った。

「そうか。じゃ、おれは、子供の頃を過ごしたあの町へ行ってみるよ。いつか、一人で行ってみたいと思っていたんだ。もしかしたら、夜、そっちへ行く。あとで電話するよ。」

こうして二人は一緒に家を出た。そして駅までの途々、浩平はカラスの一件を妻に話したのであった。

「お互いに……、あなたも今は親の思いね。」と、その時言った妻のことばを思いだしながら、浩平は今、一本だけ伐り残された、石垣の中の松の木を見上げているのだった。

ひよこは空を飛ぶか

1

武史ちゃんのおばさんに連れられて夏祭を見に行った由美子は夜店でひよこを買ってきた。いや。実際には買ったのではなく、武史ちゃんにもらったのだそうである。なんでもスピード動物くじとかいうやつで、一等賞は鳥籠に入った九官鳥で、二等賞や三等賞、四等賞などにはリスもいたし、ウサギもいたし、ハムスターなどもいたという。外れくじなしで、その最下等がひよこの雄、その上はひよこの雌だったというのである。一回百円で箱の中へ手をつっこみ、中から三角くじを摑《つか》みだす。それを武史ちゃんが二回とも外れたので、二羽もらったひよこの雄を由美子が一羽もらってきたというのだった。

由美子はひよこにポチという名前をつけた。生れたままの色とは違う、身体じゅう華やかな黄色に染められたポチは、「どうせ長生きしやしないだろう」という両親のひそひそ話で、当分の間、鳥籠で飼われることになった。しかし何も知らない由美子は小学校一年生の全愛情を傾けてポチを可愛がった。

2

二日目に武史ちゃんが電話をかけてきて、

「ぼくのひよこが死んじゃった。」と泣きながら訴えてきた。

由美子はもらい泣きして、ポチの鳥籠を覗き込んだ。

「ポチ、ポチ。お前じゃなくてよかったね。」

3

鳥籠のポチは死ななかった。

餌はみみずやくもやはえやありや、それに青ものも、はこべだかなずなだか、そんなものをくちばしで突ついて引きちぎった。が、どちらかというと植物よりも虫類を好んだ。

由美子は虫を取るのは好きでない。それでも、いやいやでも草を引っこ抜いて、土の中にみみずを探し、割り箸でつまんでポチに与えた。くもやはえは取れなかった。ありは小さすぎて、ポチの餌になっているのかいないのかわからなかった。

父の義和も昼間家にいさえすれば由美子の餌取りを手伝ってやった。ポチはごきぶりも好んで食べた。

4

一週間たってもポチは死ななかった。もらってきた時の大きさの倍ほどにはなったようである。このままいくと鶏にまでなれるかもしれなかった。

鶏小舎を造ることを考えると義和は億劫だった。が、今のところはこれでいいだろうと由美子にも納得させて、古い木のリンゴ箱に金網を張って、鳥籠よりは三四倍も大きいひよこの家を作ってやった。

軒下に置いたそのリンゴ箱を由美子は庭に運びだして、ポチを庭に放して遊んだ。遊ばせながら餌を探した。

5

好天気ばかりが続いたせいか、草を抜いてもみみずがあまり取れなくなった。くももういなくなった。義和の億劫さも倍加した。母の則子はもともと生き物にはあまり関心がない、むしろ草花の方が好きなのだった。

そんな状況をポチは知らない。ただ生きていただけであった。しかしポチの身体は正直だった。のどの辺りがふくらみを帯び、やがて身体全体がむくんだ感じになってきた。

6

二週間後の日曜日の朝、起きてみるとポチは死んでいた。

由美子は泣いた。母に言われて、泣き泣き武史ちゃんに電話をかけた。

「うちのポチも死んじゃったの。」

義和は穴を掘ってポチを埋め、板きれに『ポチの墓』と書いて、土盛りの上へ立ててやった。

7

夕食の時、義和は由美子に言った。

「ポチは、今頃はきっと空を飛んでいるぞ。」

「だって、穴に埋めたじゃない。」

「いや、身体は埋めたけど、たましいは違うんだ。だいたい、死ぬと、たましいは空へ飛ぶらしいぞ。ポチは最初は鳥籠で飼われていたから、由美子のおかげで、飛べるような気持になっていたと思うんだ。飛べたら幸せだなあって思っていたと思うんだ。ひよこだって鳥だもの……。」

8

翌朝、由美子がパジャマ姿のまま起きてきて、出勤前の義和に言った。

「わたし、夢を見たわ。ポチの夢。ポチが空を飛んでいくの。じゃ、お父さん、元気で会社へ行ってきてね。」

由美子はまた寝床へ戻っていった。

頭の中にねずみはいるか

清は夢をみていた。

「一枚二枚三枚四枚……」「一羽二羽三羽四羽……」「一本三本二本四本……」「二台四台六台八台……」

夢の中で何かを数えていた。何を数えていたのかは分からないが、夢は半睡半醒の時の幻覚だとしてみると、この時の清はちょうどそんな狭間にいたのだろう。

その時、とつぜん何かが走りだした。

「さささささささ、とっとっ」

そして、しばらく止まったかと思うと、また、

「さささささささ、とっとっと」

何かが畳を走る音に聞こえて、清は半睡半醒の耳をすませた。すると、また、

「すすすす、とっとっとっと」

清は〝ねずみだな〟と思った。〝小さな子ねずみだな〟「すすす」とか「さささ」とかいう音は畳の上を素早く走っている音で、「とっとっと」と聞こえるのは、一歩一歩あるいている音に違いなかった。

これは確かに子ねずみが走る音に違いないと、耳をすませて待っていた時に、とつぜん清は奇妙な恐怖感にとらえられた。〝子ねずみが布団の中へ入ってくるかもしれないんだ。パジャマの襟から胸元へ……。〟

「これは眠ってなんかいられないぞ。もっとはっきりとねずみの正体をつきとめなければならないぞ。」

「あっ、ああ。」がんと頭を叩かれたような気持で清は闇の中で上体を少し起こしてみた。そうして耳をすませて、しばらくのあいだ、まっ暗闇のしじまを窺っていたが、ねずみらしい姿も、もの音さえも、もうしないのだった。

夢だったのか、現実だったのか、分からなかった。

が、清はまた上体を横たえて、そのまま眠ってしまった。

「おい、房枝、昨日の夜、ねずみが畳を走っている音を聞いたが、お前は知らないか。」

「ええ、知らないわ。」

房枝はきょとんとした顔で言った。

清は「やっぱりそうか。」という顔でにやりと笑い、

「お前ってやつは、鈍感だなあ。」

「えっ、うっそおー。ねずみなんて、また、あなたの妄想でしょう。夢でも見てたんじゃないの。」

「ばか、ばか。夢でなんかあるものか。かさかさ、こそこそ音がしてたから、おれはわざわざ、ちょっと起き上がって、しばらく様子を窺ってみてたんだから。」

「そう。それで、見てた時、何か動きでもしたの?」

「いや、別に、見てたわけではないが、あの音は確かなんだ。〝さささささ〟と畳の上を走ってきて、〝とっとっと〟と足踏みをしてるんだ。あれが夢でなんかあるものか。お前はいったん寝ついたとなると、ねずみが走ろうと象が走ろうと、あとは決して目を覚まさないんだから、夜中の小さなもの音など、お前には聞こえるわけはないさ。」

房枝はそれ以上抗弁しなかった。自分が眠った後は、目覚めるまでは、何がどうあるかは知りようもないということを知っていたからである。

清はねずみ捕りを買ってきた。中細の針金でできているねずみ捕りである。骨組みと、枠組みの針金は太く、中にある鉤型の先に餌をつけて仕掛けておく。それを噛ると、前の扉が閉まる仕掛けである。その上、このねずみ捕りには、真上にも、そこから飛び込むともう出られなくなる仕掛けがあるので、そこからもねずみが飛び込むことがある。

かつて清が子供の頃には、一度に二匹のねずみが、この囮籠《おとりかご》にかかったことがある。清の父はそれを自慢して家族の者に見せびらかし、「さんざ悪さをしたねずみだ。さんざ苦しい思いをさせて殺さねばならん。」そう言ってねずみ籠を天水桶に吊し、二匹のねずみが死ぬのを待っていた思い出もある。ねずみは何度も泳ぎ上がろうとするのだが、その度に頭が籠の網目にぶつかり、また泳ぎ下りて――そんなことを何度も繰り返しながら二匹とも死んでいったのを、清は知っている。

ねずみは頭の中にも住みつくことがあるものなのだとは、誰も絶対に信じたくないことだから、清もそれを信じはしない。だから清は、寝る前には必ずねずみ捕りを枕元に仕掛けることにした。そうしないと安心して眠れないのであった。こうしておけば、もう「さささささ」も「とっとっとっと」も聞こえはしなかった。

Ⅲ　ポンペイの夾竹桃

ポンペイの夾竹桃

1

酒井順介はまた今日も、亡妻の墓へやって来てしまった。

車を停めて、一歩踏み出すと、もう八月も終るというのに、燃えるような暑さであった。目の前に夾竹桃の真っ赤な花が、この夏の暑さを我がもの顔に咲き誇って、ときどき吹く風にわさわさと揺れていた。

「ああ、夾竹桃!」と、順介は胸の中で呟きながら、その脳裏には、三十年以上も前に見た、ポンペイ駅のホーム際に咲いていた、この花を思いだしていたのだった。

「行ってらっしゃいな、あなたの懐しのパリへよ……。」と言って、あの一人旅に送りだしてくれたのも、今は亡き妻の悦子の計らいであった。

それは、あの時代の風潮だったのか、順介の勤めていた学校の生徒達も荒れに荒れて、当の順介も、〈もう生徒達相手のこんな稼業は辞めてしまいたい〉と思い悩んでいた、丁度そんな時のことであった。妻の勧めに従って、夏休みの三十日以上もの間、順介は懐しのパリへ（だが、直接にパリへ飛ぶのではなんの修業にもならないし、面白くもない、と考えて（まだ見たこともないギリシャ文明）アテネへ飛び、そこから列車と船に乗り継いで）懐しのパリへと、出たとこ勝負の旅を試みたのであった。

〈悦子よ、あの旅のお陰で俺は立ち直れたのだったよ。〉

『酒井家之墓』と彫られた墓石の上に柄杓で水をかけながら、周囲に誰も居ないことを知って順介は、

「悦子よ、また来たよ。灌頂《かんじょう》……、灌頂……。今年の夏は暑いよ。俺も死にたいぐらいだ……。」と、呟くように話しかけた。

悦子は、順介がずっと続けてきたその学校の勤めに停年が来るのを待っていたかのように、あの世に逝ってしまった。あれからもう五年近くが過ぎてしまった。

妻に先立たれた当初は〈俺の人生はもう終ってしまった。〉と沈み込んでいた当の順介には、自らの命を絶ち切ってしまおうと思うほどの胆力もなく、孤独の寂しさを紛らわすために、思いたつ度にこうして亡妻の墓に、花を買って閼伽《あか》を供えに来るのだった。

「さあ、帰るぞ。また来るからな。」

線香の煙が立ち上る墓の前にしゃがんで、また両手を合わせると、順介は立ち上がって、柄杓を入れた手桶を持って、帰途についた。

最近はこの寺の区画も拡張されて、つい先頃までは草地だった所にも新しく墓碑が建っている。そこには単なる『○○家之墓』に限らず、横長の碑に『和』とか『真』とか『愛情』とか『則天去私』とか……、思い思いの碑も見える。

〈へえーっ、町並も時代によって変化しているように、墓碑も変化してるんだ！〉と思いながら順介は、その新区画の方へ回り込んだ。と、その時ふと順介は一つの墓碑の前で足を止めた。

『小津家之墓』

その名前に、順介はこの上ない親しみに囚われて、立ち止らずにはいられなかったのであった。それは、小学校、中学校、高校まで、ずっと一緒に遊び、学び、暇があればいつも共に過していた旧友の名字であった。

墓の前で立ち止った順介は、一応、確かめてみようと思って、顔を覗かせて墓誌銘を読んだ。「小津有一　平成二十三年九月二十日没　享年七十三歳」

〈ああ。〉と溜息を吐きながら順介は視線をそこから逸らすことができずにその墓誌を見つめつづけた。が、暫くすると、ふと思いついて、手桶に残っていた水を杓で汲んで、一杯、二杯、三杯と墓石の頂天から掛けて、両手を合わせた。〈ああ、有ちゃん、「世皆無常」だな。有ちゃんは、この歳まで何処で生きていたんだ?〉

順介はその墓石を懐しむようにして、その後ろに回り込んだ。そこには『平成二十二年七月吉日　小津有一・敦子建之』と彫られていて、『敦子』の部分の朱は未だに残されていたが、『有二』の部分の朱色は消し去られていたのであった。

〈生者必滅、会者定離〉と、そんなことばを思いながら順介は、寺の裏の坂道を下り、駐車場から車で家路についた。

順介のこうした墓参りの手順はいつも決まっていて、行きは国道十六号を使い、帰りは裏道のけやき通りを帰ってくる。その、けやき通りに入るためには下り坂の信号の所で右折する。そこには右折信号もなく、対向の直進車が多く、信号の二、三回は待たされる。そして、けやき通りに入ると、真夏でも木陰が多く、涼やかな気持になれるのである。

そのけやき通りを走りながら順介は、ふっと、異なことに思いを馳せていた。それは小津家之墓の裏面に朱で残されていた「敦子」というその名前に、だった。

〈まさか、あの敦子ちゃんじゃないだろうな。〉

順介は脳裏で否定しながらも、あの幼友達・飯島敦子の色白で可愛い面立ちを思い浮かべていたのだった。

飯島敦子は、その歳も酒井順介よりは四つ位年下で、飯島家には、順介より二歳上の兄と一歳下の姉がいて、その家もすぐ近くにあった。飯島家は、酒井家の向かいの広い畑越しにある農家が持っていた林の片隅の土地に、終戦後すぐ、小さな家を建てて住んでいた。が、四、五年もいないで、また越していってしまった。敦子の兄や姉とはよく遊んだものであったが、敦子はまだ、そんな順介たちと一緒に遊べるような年頃でもなかった。

一方、同級生だった小津有一の家は、順介の家から歩いて二十分以上も掛かる小学校の、その東側に広がる畑中の細い道を上りつめた所にぽつんと一軒だけ建っていたのである。有一と敦子は住んでいた場所も違うし、敦子はまだ学校に上がる年齢でもなかった。

〈まさか、家の近所にいた飯島さんの敦子ちゃんではないだろう?〉と、順介はしきりに否定しながらも、その同じ脳裏には、その「まさか」を肯定する雲霧があるのだった。

〈でも、もしかすると……、もしかするってこともあり得る。〉

そう思うと、順介は、ただただその一事を——どうすれば、その事実を突き止められるかを一心に考え続けていたのであった。

2

「小津有一」の名前は、数十年も前からその高校の同窓会名簿から消えて、その後はずっと「住所未確認者」の中に入っていた。高等学校卒業まではあれほど仲の良かった有一は、高校を出るとすぐ就職して、その半年後には仙台に転勤している。が、その後、幾度かは「帰省したから」というので、大学生だった順介に連絡が来て、再会を喜んだりしたこともおる。が、やがて小津家はこの町から札幌へ転居することになり、有一もこの町に疎遠になってしまった。再会することもなくなり、ついには年賀状も来なくなってしまったのだった。そんな有一の去留を知りたい気持と、その上、「敦子」という名前のその人の存在も気になってきた順介は、自分の思いを、ひと先ず、ちょうど有一の祥月命日に当る今日、秋彼岸の入りの日に懸けてみようと思ったのであった。

車を停めて、寺の石段を上り山門をくぐると、その庭の左手には真っ赤な彼岸花が咲いていた。「死人花」と思うと、順介の脳裏には、悦子のことと有一のことが何の脈絡もなく同時に馳せ回った。

『小津家之墓』は『酒井家之墓』よりも少し左手に寄って奥まった所にある。手桶を持った順介は、ちょっとそちらの墓の方を見やったが、どうも人影はないようであった。話し声も聞こえてはこない。

「『暑さ寒さも彼岸まで』というが、悦子よ、今年はまだ暑いよ。」と呟きながら順介は墓石の上から水を灌《そそ》いだ。そして、花瓶の水を入れ替えて花を手向け線香に火をつけた。しかし、その間も、両手を合わせて低頭した時も、その頭の中ではこんなことを思っていたのであった。〈今日は、あと三十分位は待ってみようか。それで駄目なら、中日にもう一度来てみるか。〉それほどに『小津家之墓』が気になっていたのであった。

順介は墓の掃除も念入りにして、箒や手桶と柄杓も雑巾も元の位置に戻して、また悦子の墓に手を合わせに戻った。そして四阿《あずまや》のベンチに座り、煙草を一本吸った。

と、その時だった、一人の女が来て、順介が戻した手桶の下段の桶に手を掛けて、ふと、四阿《あずまや》の人影に気づき、「こんにちは」と声を掛けてきたのである。

順介も、ふと顔を上げながら「こんにちは」と声を返した。

と、その時、順介の脳裏に戦慄が走った。それは、〈予感、的中した〉という戦慄であった。〈あっ、あの敦子ちゃんだ。〉まだ小学校にも上がらない、七十年近くも前のその子の面影を、あんな幼少の時に見た、その母親とそっくりにぺこりと凹んだえくぼの顔を、順介は〝その人〟の横顔に見たのであった。順介は呆然として立ち竦んだ。が、その人は振り向きもせず、何の頓着もなしに、柄杓を入れた水桶を持って、向こうへ立ち去って行ってしまった。その背姿を見送りながら順介は「ああ」と吐息をついた。その人は、やはり『小津家之墓』の方へ向かって行くではないか。

順介は胸の動悸を抑えるために、また、もう一度、悦子の墓に戻って来て、両手を合わせた。〈また戻って来たよ。この世ではいろんなことがあるよ。〉順介は、脳裏でだけ、亡妻にそう伝えて、その同じ頭の中では、〈少しの時を待たねばなるまい〉と、全く別のことを考えていたのであった。〈立ち去られては困るが、あまりに早急でもよくない。五分か、十分か、どの位ならいいか……。〉

順介は腕時計を見ながら間合を見計らい、少しずつ近づいていった。

「失礼ですが……。」と、順介は、その人が線香に火をつけて供え終わり、合わせていた両手を開いたその時を待って声を掛けた。

その人は振り向いた。

「このお墓の『小津有一さん』て、高校卒業までは、ずっと、この町に住んでいた人ではないですか。」

「はい、そうですけど……。」と、話し掛けられた当座は〝きょとん〟としていたその人は応えた。

「有一君から僕のこと、聞いたことはないですか。私、酒井順介と申します。もし、私の親友だった小津君なら、その奥さんにならば、私の話をしたに違いないと……。」と、そこまで言い切って順介は、ふと、自分の不備に気がついて、言葉を換えた。「あの……、有一君の奥様ですよね？」

「はい。まあ！　酒井さんて、あの呼塚分譲地の……。」

「ああ、やっぱり、あなたは、飯島さんの敦子ちゃん？　そうじゃないかと思ってました。」

続けて順介は、自分も妻に死なれて五年近くが過ぎ、その墓がすぐそこにあることや、有一とは小学生の時から高校生時代までは本当によく遊び回っていたこと、ところが有一が仙台に転勤してから二人の交際も次第に間遠になり、そのうち年賀状のやり取りもしなくなってしまったことなどを立て続けに喋った。そして、先日、偶然にも『小津家之墓』を見つけて、有一は二年前に他界していることを知ったこと。

「そう……。たしか……、今日、彼岸の入りの今日が、彼の祥月命日でしたね。あいつ、真面目な男だったから、彼岸の入りの日に逝ったんだ……。」

順介は冗談のつもりで最後の一言をつけ加えたのであった。が、敦子は笑いもしなかった。

「で、今は、どちらにお住まいですか。」

「わたし……？」

「ええ、敦子さん……。僕は、呼塚分譲地の、父が建てた、昔のままの家に住んでいますけど……。」

「私は東京の大塚にあるマンションの上の方の階に住んで居ります。」

「そう……、じゃ、もし、よろしかったら、そこらでコーヒーでも如何ですか。僕は自分の車で来ていますので、もし、よかったら、車で駅までお送りしますよ。」

「いいえ、今日はだめ。私、今日は駅からタクシーで来ましたの。」

「そうですか、残念だなあ。積もる話もたくさんあるのに……。」

「そうですねえ……。」

「じゃ、こうしましょう。今度、あなたがお墓参りに来る時には、僕が駅まで迎えに行きます。そして、どこかで一緒に、お昼でも食べましょう。それから二人でお墓参りして、もし、よろしければ、わが家へご案内しますよ。あなたの住んでいた辺り、飯島家のあった場所なんて、今じゃ、まったく違ってしまって、まったく判らない……。これ、僕の名刺です。停年退職してから作りました。」

と、言って順介は、手帳の中に挟んでおいた名刺を取りだして敦子に渡した。そして、その手帳の一頁を開けて、敦子の前に差し出した。

「ここに、あなたの住所や電話番号、それに、ケイタイの番号など、書いてもらえませんか。」

「まあ、嬉しいわ。まるで新しいお友達……、いいえ、古くからの知り合いに、こんな所でお会いできたなんて……。」

敦子は順介の手帳に、ハンドバックから取りだしたボールペンで、その名前と住所や電話番号なども書いて、それを順介に手渡した。

「暑さ寒さも彼岸まで、なんて言いますけど、今日はまだ暑いですね、夏のように……。」

「そう……。でも、まだお彼岸前ですものね。もう何日かのことですけど。」

そう言いながら敦子は柄杓や手桶を片づけ始めた。

そして二人は四阿《あずまや》の所まで戻り、敦子は柄杓と手桶を所定の位置に戻した。

「有一君もあなたも……、もと住んでいた所を訪ねたことはなかったのですか。」

「夫は、ずっと以前に一度だけ……。『道も町並も、まるで変わってしまってつまらない。』と言って、それ以後は二度と再びこの町へ行きたいとも言いませんでしたわ。私は、このお墓を買おうかって、夫の車で見に来た時に、やはり、その一度だけ、もと住んでいた家の近辺を車で回ってもらいましたが、どこがどこやら……。私が引っ越したのは、まだ小学校に上がる前のことでしたし、子供心に、あんなちっぽけな掘立小舎なんて、恥ずかしくって、見たくもありませんでしたし……。」

二人は寺の本堂の裏手の坂道を下り、駐車場までやって来た。そこには、順介の車と並べて一台のタクシーが待っていた。

「じゃ、お電話しますね。今度はいつお会いできるか……。やっと、この世に、少し、楽しみが出来ました。」

「嬉しいわ。私も、少しだけ……。酒井さんの順ちゃんにお会いしたこと、兄と姉にも話しておきますわね。きっと、驚くことでしょうね。もし、夫の有一がお会いできたら、どんなに喜んだことでしょう……。」

そう言って敦子は少し涙目になった。そして、客人の姿が近づくのを待ってドアを開けたタクシーに乗り込んでいった。

順介は、そのタクシーが走り去るのを見送ってから自分の車に乗り、エンジンを掛けた。車を走らせながら順介の胸は喜びでいっぱいだった。

〈一度は、悦子に死なれて、もう終ってしまった、と思ったおれの人生は、もしかすると、まだ喜びもあるかも知れないぞ。そうだ、帰ったら、夜になったら、敦子ちゃんに電話するぞ。〉

車はけやき通りに入った。その時、ふと、順介の胸に後悔の思いが走った。

〈なぜ? なぜ、おれは、あそこで、あのタクシーに帰ってもらうような措置が取れなかったんだ! おれがタクシーの料金を支払って、それで敦子ちゃんに、おれの車に乗ってもらう! そして、どこかの喫茶店にでも入って、コーヒーでも飲みながらお喋りして……。〉そうすれば、今のこの孤独感をどれほど紛らわすことが出来たか、と思うと、順介は、そんな自分の不甲斐なさが腹立たしくさえ思われてくるのだった。

〈あっ、そうだ。おれは、なぜ、小津有一の墓にお線香の一本も上げなかったんだ? まったく気が利かないいんだな、おれは!〉

「冷や汗ものだな。」と、ひとり車中で呟いた。

〈仕方ないか、七十五年も守ってきた、いや、七十五年がかりで作り上げた、というのかな、そんなおれが、このおれなんだから仕方ないか？〉

車はいつの間にか家に着いていた。

3

予定どおりに順介は、その夜、八時過ぎに敦子の家に電話をした。そして、先ず第一に、昔の幼なじみ、親友だった小津有一の妻・敦子に再会できた喜びを伝えたのだった。

「僕にはすぐに判りましたよ、『これは確かに飯島さんの敦子ちゃんだ』って。お母さんにそっくりで、色白で、えくぼがぺっこり凹むのですもの。で、お母様はどうしていらっしゃいますか。まだ、ご健在でしょうか？」

「いいえ、十年前に亡くなりましたわ。米寿のお祝いをしたのですが、その年のうちに逝ってしまいました。」

「そうですか。それは残念でしたね。お悔み申し上げます。で、お父様は？」

「父は、もう亡くなって二十何年経ったかしら？」

「そうですか……。」と言って、順介はしばらく無言になった。敦子も、電話口の向こうで、黙っていた。

そこで順介は語調を替えて、

「でも、あなたに会えて嬉しかった！　有一君のお引き合わせでしょうかね。」と、胸の内を吐露することばを口にしたのであった。

「ええ……、私も嬉しかったわ。不思議ですねえ、人と人との出会いって。夫の有一も、死に際まで『酒井君には会ってみたいなあ』って、言ってましたけど、夫は、自分からはそういう行動もとらずに、あっという間にあちらの世界に行ってしまいましたの……。その二年目のお墓参りで、突然に、ぴったりと酒井さんにお会いしたのですもの……。」

「そう……、でも『突然に、ぴったり』なんて、おっしゃっても、あれは偶然というわけでもありませんよ、私が、予期して、あなたを、もしかして、あの敦子ちゃんじゃないかと思って、待っていたのですもの……。」

「でも、私には偶然に思えましたわ。まさか、同じお墓に酒井様の奥様も眠っているなんて、思いもしませんでしたもの……。」

「そうですか。じゃ、偶然も必然の一種なんでしょうか。」

「いいえ、〝偶然〟と〝必然〟は違うでしょう。だって、正反対ですもの……。」

「そう、確かに……。偶然と必然はたしかに真逆ですね。そう……、そうですね。ところで、そのあなたは、いったい、どうして、あの小津有一君と出会うことが出来たのですか。」

「わたしたち、同じ会社の同僚でしたの。」

「えっ、じゃ、仙台ですか。」

「ええ。私の家が仙台にありましたの。で、その会社に勤めだして、故郷の話で一致して、お付き合いして一年後に結婚しました。」

「そう……？　そうなんですか。奇遇だなあ。」

「ええ……、人生って、結構そんなものなんじゃないかしら？　そう、そう。兄にも、姉にも、〝酒井さんの順ちゃん〟のこと、電話で話しておきました。二人とも『懐しいなあ、会ってみたいなあ』って言ってました。同じようなことを……。」

「じゃ、僕も……、『懐しいなあ、会ってみたいなあ』をお返ししますって、お二人にお伝え下さい。」

「そう……、お伝えしときますわ。」と、敦子は笑いながら答えた。

「ところで、そのお兄さん『かずゆきさん』でしたっけ？　と、お姉さん『郁子ちゃん』は、今、どこに住んでいるのですか。」

「二人とも横浜です。兄は港北区で、姉は南区ですから、離れてはいるのですけれど……。」

話はたわいなく、どこまでも続いていく。

順介は時計を見て、もう三十分以上も話していることに気づいて、電話を切ることに意を決した。

「じゃ、今日はもう、そろそろ電話を切りましょうか。」

「ええ、結構ですよ。」

「じゃ、明日の夜も、また、お電話していいですか。」

「ええ、結構よ。」

「私、一人者だから、一日中、お喋りする機会もないものだから……。」

「私も、一人者よ。お待ちしていますわ。」

その夜以来、酒井順介は、毎晩、夜の八時過ぎに、小津敦子のもとへ電話を掛けた。話すべき何事かがあったからというわけではない。正しく毎夜の定期便のように、夜の八時から八時半までの間には、順介は受話器をとって、その番号を押したのだった。

昔話――有一とのこと、兄の一之さんのこと、姉の郁子ちゃんのこと、そして、まだ幼かった敦子本人のことを……。

「今日は、一日、何をしていましたか。」と問い掛けることもあった、新聞の記事で面白かった内容のこと――その一文を読んで聞かせたりしたこともあった。

敦子も、それに応じるように、順介からの電話を、毎晩、待つ習わしになっていた。しかし、そうして、毎晩、話しあってみると、女性の敦子の方が友達づきあいも多く、外出している機会も、男性の順介よりはずっと多忙そうに思えるのであった。

順介はそういった〝性〟の違いに気づくと、より一層、孤独感が増して淋しく思われたりするのであった。

「今度は、いつ、お墓参りをしますか。そろそろ、その日にちを決めようじゃありませんか。」

「ええ、そうですねえ。私、毎週木曜日は英語を習っておりますし、来週の水曜日は、お友達と食事会ですのよ。金曜日なら空いております。」

「そう……？　じゃ、来週の金曜日、十一日では如何ですか。」

「ちょっと待って下さい。私も、一応、手帳を見てみますわ。」

それから暫くの間を置いて、敦子の声が答えた。

「結構ですわ。来週の金曜日、十一日ですね。」

「じゃ、何時にしましょう……、お墓参りをして、お昼を食べて、それから、呼塚分譲地のわが家に来ますか？　あなたの家のあった辺り、その辺の変り様をご説明しましょう。それから、もし知りたければ、小津家のあった辺りも、家に来る前に、車でご案内しましょうか。有一君の家のあった辺りは、まるっきり変わってしまって、この町に詳しいはずの僕でさえ、実際には、どこがどこやら、ちょっと判らないというのが事実ですけれど、ね。有一君が、『もう帰ってみたくもない』って言っていたって……、これはあなたから聞いたことですけれど……。」

「そう……、小津の家は、なんでも、小学校の裏口から畑の中の道をだらだら上って行った方にあったそうですが……。」

「そう、その通り。ですが、小学校はありますけれど、畑なんて、まったく、ない、です。

道路も新しく敷かれて、家がびっしり建っています。僕にだって、小津君の家が、いったいどの辺りにあったのか、想像することさえ出来ないほどなんですから……。有ちゃんが『もう故郷の町なんか見たくもない』って言うのも道理ですよ。それでも見てみたいですか。」

「ええ。やはり、その、酒井さんと小津が通った、それに、兄も姉も通ったという小学校の辺りだけでも、もう一度見てみたいわ。」

「分かりました。じゃ、小学校の方に先に行って、それからお墓参り。で、昼食して、それから家の方へ……、あなたの家のあった辺りもご紹介しますよ。」

「嬉しいわ。では、私は何処へ、何時に行けばよろしいの？」

「十一時に、駅の西口のロータリーで待っていて下さい。僕は、このあいだの車、赤いブルーバードで行きますから……。」

その夜の電話はそれで終った。が、次の夜も、また次の夜も、毎晩八時過ぎに、順介が敦子の家に電話を掛ける行為を怠ったことは決してなかった。

4

「こんにちは。お待ちになりましたか。」

「いいえ、私も、たった今、ここに来たばかりですの。赤い車、赤い車……って、待っていたら、ちょうど、そこにこの車が来たので、様子を窺っておりましたの。」

順介は助手席のドアを開けて、敦子を迎え入れた。

「では、お約束どおり、最初に第一小学校の方へ行ってみましょう。小津君が『あんな所、もうおれの故郷じゃない』と言ったわけが一目瞭然ですから……。その変貌ぶりは、もう四、五十年以上も昔のことですが……。」

「そんなにも前からのことですの?」

「ええ。僕が大学を出て、ほんの二、三年、この町にいなかった間に、ものすごく変わってしまった……。」

そんな話をしている間に、車はもう小学校の正門の前に来ていた。

「ここが第一小学校の正門です。でも、こちらの方は、あまり変わっていない。もとは、もっと狭かったはずの道が、ちょっとは広がったかもしれないけど、お店やなんかも……、昔からあった文房具屋さんも健在です。ただ……、それでも、こっちの通りは飲み屋さんやお食事処が増えて、昔あった魚屋さんや肉屋さんや八百屋さんなどがなくなってしまったけど……。」

道端に車を停めて、順介は指差しながら説明した。

敦子の兄や姉はこの学校に入学したのだったが、敦子は通っていないのだから、それほどの感慨も湧かなかったのかもしれない。言われるままに、ただ、「ええ……。」とか「そうですか。」とかいった相槌を返しただけであった。

「では、学校の裏門の方へ回ってみましょう。あちらなら車を止めて、ちょっとその辺を歩くことも出来るでしょうから……。」

そう言って順介は、ゆっくりと、また車を走らせた。そして学校の裏側の方へ回ると、そこに車を停めて、エンジンを切り、敦子にも下りるように促した。

「さあ、こっちが学校の裏口です。僕や有ちゃん、それに、あなたのお兄さんやお姉さんが通っていた頃のこの辺はみんな畑でした。正門の方は駅の方に向いているから、昔からお店や何か、ずっと栄えていましたけど、その栄えた町の行き止りが、この学校だったのです。小津君家《ち》は、そうだなあ、あの高い所に車が走っている、あの辺かもしれない。畑の中の一本道を上って行った所に最初に建ったのが、たしか、有ちゃんの家だったのじゃないかな。終戦後、一、二年ぐらいの時かもしれない。こっちは畑。もっと東の方は松林でした。戦時中の僕らは、その松林に腹這いになって、敵の焼夷弾から身を守る訓練を……、こうやって指で目と鼻と口と耳を押さえるのだ、なんて、やらされた記憶があります。それも、僕が小学校の二年生の時に戦争に負けたので、もう昔話ですね。有ちゃんは、終戦のその年か、その翌年頃に、あそこに越して来たんじゃなかったかな？　畑の中の細道を上がった所の一軒家でした。その後、その並びに、二、三軒の家は建ったけど、その時もやはり辺りはみんな畑でした。やがて、小津家が越して行って、僕も、あんまりこっちには来なくなってしまった。その十年間ぐらいのあいだに、このざまです。縦横に道が通って、家、家、家、家ですものね。畑や林だった所の方が開発し易いのでしょうね。」

「そう……。そうなんでしょうね。夫が一度訪ねて来た時も、こんなだったのでしょうね。だから『もう二度と帰ってみたくもない』って思ったのでしょう。」

「そう……、そうでしょうね。まったくこんなでは、〝故郷〟って感慨がないですものね。じゃ、行きますか。このままお墓参りして、それから高島屋の駐車場に車を停めて、そのビルの食堂街でランチでも行きますか。電話でお約束したとおり、お花も二軒分買ってきましたし、お線香なども持って来ました。」

「ええ。ありがとうございます。」

5

酒井順介と小津敦子は、これが二十二日ぶりの再会なのであった。しかし、その間には、順介が毎晩、電話をして、有一の子供の頃のことなどなにやかやと話していたので敦子も知っていた。

敦子と有一の間には子供が出来なかったが、順介には男の子と女の子がいて、それぞれに所帯を持って、息子は仕事の関係で大阪にいるが、娘は東京の下町・千住に住んでいることなど、二人はそれぞれに情報交換をしていたのであった。

二人揃っての墓参り。先ずは小津家の墓に――花を供え、線香をたいてお参りし、次いで酒井家の墓にも同じように参拝した。

「どんな奥様でしたの?」と、敦子が初めてその問いを発したのは、二人が食堂のテーブルに向き合って、食後のコーヒーを飲んでいる時のことであった。

「そうか、僕は敦子ちゃんも有一君も知っている。それも、もっとも昔のことだけど……。けど、敦子さんは、私の亡き妻・悦子のことはなんにも知らないんだね。良い妻でしたよ。」

と言って順介は、自分がお見合で結婚したことから、妻の出自や夫婦間のちょっとした出来事などを話して聞かせた。

「そうでしたの? 私、夫とも話していたのですが、酒井さんは、あんな立派なお屋敷に住んでいらっしゃったから、相当の名家からお嫁さんを貰ったのじゃないかしら……なんて、思っていましたのよ。」と言って、一度ことばを切り、顔を赤らめながらつけ加えた。

「ごめんなさい。とんでもない、変なことを言って……。」

「いや、別に……。うちは名家でもなんでもありませんよ。父は丁稚小僧からのし上がって小さな会社を作ったけど、それも、父の時代はそうだった、という昔話みたいなものです。あんなのお屋敷でもなんでもない、分譲地の一画にすぎないんですよ。もっとも、土地は二百二十坪もあるけど、今では草ぼうぼう。昔の分譲地はそんなもんです。それに、もし、うちが名家であっても、名家のぼんぼんが名家から嫁を貰うなんてことも、今では時代錯誤でしょう。昨今では、小さな庭を持った小さな家が立ち並ぶ――それと同じような〝時の流れ〟の中のことですもの。わが家自体が、今では、時代遅れみたいなものですよ。今日、これから家に来てみれば分かりますけれどね。」

食後のコーヒーも飲み終って、順介が伝票を持って立ち上がると、敦子も自分の分は払う、と言って手を延べた。その時、二人の間にはちょっとした遠慮がちの諍いのような寸秒があった。

「いいえ、ここは僕が……。」と言って手を振った順介の手が思いがけずも、ちらりと、敦子の胸の辺りに触れてしまった。

「あっ、ごめん……。」と、順介は言って、頭を下げたが、その目はほんのりと潤んでいた。

敦子は頬をちょっと赤らめて、

「いいえ……、本当によろしいんですの？」

「もちろんですよ。僕が誘ったのですもの。」

二人はエレベーターで駐車場の階まで下り、順介の車に乗った。

国道六号線を〝木曽路〟の先で右折すると、道は上り坂になる。

「もしかすると、小津君家《ち》は、この坂の途中の辺だったかもしれない。道路だけが以前よりずっと高くなって、人家は下にある。こんな道路の線びきは、いったい、どこのどいつが考えたんでしょうね。真っ直ぐな道は、だいたいが、国のお偉いさんが企画して、土地を買収したりして通したものなのじゃないですか？　昔の道はみんな、それなりに曲がりくねっていた……。」

敦子は黙って、順介の話を聞いていた。

「さあ、着きましたよ。ここが、昔ながらの私の家です。」

順介は、自分の家の門の前に車を停めた。

その門は、道沿いの生垣よりも、四、五メートル引っ込んだ所に建っている。そこも酒井家の土地なのである。

「あらっ、こんな門でしたの？　わたし、小さい子供の頃でしたので、すっかり忘れてしまったわ。」

「いいえ、僕も、おぼろげにしか憶えていないけど、昔は、こんな大きな門の扉などなかったかもしれない。ただ、門のしるしに、この両側に、四角い石の門構えだけで、扉を開閉するこんな形じゃなかったかもしれない……。さて、どうします？　先に家に入りますか、それとも、先に、あなたが住んでいた辺りを突き止めておきましょうか。」

「そうね……、先に、その辺を見ておきたいわ。」

そこで二人は車を停めた所から前の道へと歩み出た。

「この道は変わっていないですよ。と言っても、道巾も少し広くなっていますし、草も生えていない、こんな所まで舗装道路にはなっていますけれど、ね。」

「さて、あなたの家のあった辺り、分かりますか。」と、順介は道路の前の、三メートル四方位の二差路に立って敦子に問い掛けた。

「ええーっと、あっ、そうそう、この辺がもっと広い空き地になっていて、そこに大きな防火用水みたいのがありませんでしたか？」

「あっ、そう……、ありました、ありました。確かにありました。僕はすっかり忘れていましたが……。子供が落ち込んだら、とても一人では上がれそうにない、深い、大きな、コンクリートのやつがありました。戦争の名残のような……。」

「それから、この角のお家に、とても恐いおばさんがいて……、兄と姉が……、そこに私もいましたが、そのおばさんに大声で怒られて、私は泣いてしまったことがありますわ。

ここのお家でしょうか。」

「そう、そう。よく覚えていますね。近所でも有名な早川さんのおばあさんですよ。もう亡くなりましたが、今は、その息子さんが、もうよぼよぼで、ここに住んでいます。」

「そう……、そのお家がここだとすると、私の住んでいた藁屋根の家はこっちの道をちょっと下って左に折れた所、そのすぐ右手でしたけど、後ろは林、前はみんな畑でしたのに……。」

「そう、その通りです。小学校に上がる前の記憶だっていうのに、大したものです。その畑だった所も、林だった所も、みんな、こんな小さな分譲住宅になってしまいました。しかも、どこもみな駐車場つきです。かつては東京のベッドタウンなんて言われていましたけど、そんなことばもなくなった、もう、こんな町では農業もやってられないのでしょうね。いまさら飯島家があったのは、どの辺りだとか言って探してみても、なんにも埒《らち》があかないってとこでしょうか。あなたには何だか申し訳がないようだけど……。」

「いいえ、少しも……。私、思いだすのさえ嫌でしたもの……。」

「でも、何もないとなると懐しいでしょう。〝寂しい〟ってことはないですか?」

「いいえ。あそこは仮の住居だって、父と母も話しておりましたもの。十年一昔って言うでしょ、それが、六十年以上も経っているのですもの。」

「そうですねぇ。じゃ、この辺から上の道へ、昔からあった呼塚分譲地の道へ戻りましょうか。」

そう言って順介は右へ折れて坂道を上がった。

「そうです。この道の左右が昔の呼塚分譲地なんです。どこの家もみんな二百坪前後ありましたが、今ではどこも、その一区画だった所が二区画になったり、三つになったり……、それでも、今のあちらの分譲住宅よりはずっと広い。昔のままで住んでいるのは、さっきの早川さんと、ここの角の大山さん家《ち》と、自家《うち》ぐらいでしょうか。でも、みんな家を建て替えて、昭和十四年に父が建てたそのままの家に住んでいるのは家《うち》ぐらいですよ。」

そんなことを話しながら、二人は家の所まで引き返した。

6

門の左側の潜り戸を開けて、

「さあ、どうぞ。頭に気をつけてお入り下さい。この木戸は扉の上の框《かまち》が低いから、それほど背の高くない人でも、よく頭を打っつけるのですよ。」

敦子も順介に言われるままに庭に入った。

「わあーっ。この池？　なんて言いましたっけ？　金魚が泳いでる。」

水面を覗き込んで敦子が言った。

「ああ、天水桶……。」

「そう、天水桶……？　私、酒井さん家《ち》に子供の頃にも来たことがありましたわ。昔から、ここに、天水桶があったでしょう？」

「ええ、ありました。でも、ちょっと違います。実は、ここの室だけ、三十年位前にちょっと建て出ししたんです。それまでは、いつも家族の集まる室は北側の寒い四畳半でした。なにしろ、昔の家は井戸が北にあったものですから、台所もそっちの方で、茶の間もそっちにあったのですが、死んだ女房の発案で、こっちに台所と茶の間をもってきたのです。その時に、昔の天水桶――もう大分壊れかけていたのですが、それを壊して、樋《とい》の水が落ちるここに新しい天水桶を置くように私が指示したのです。ところが、『今時は天水桶などどこにもない』というので、建築屋が気転を利かせて、井戸桶の底《こが》にコンクリートを張って、それで天水桶の代用にしたのです。」

言いながら順介は、飛石伝いに玄関に来て、鍵を開けた。

「さあ、どうぞ。」と戸を開けて敦子を先に招き入れながら、「この玄関も作り替えました。ガラス戸も、雨戸も、みんな今風のサッシに直しました。」

順介につづいて玄関に上がった敦子を先導しながら、順介は尋ねた。

「敦子さん。ずっと以前に、昔の子供の頃にも家《うち》に上がったこと、ありますか。」

「いいえ。」

「そう……。ここの玄関も、この中廊下も、そして向こうの外廊下も、みんな女房が、死ぬ数年前に大工さんに頼んで、昔の杉板の上にこんな板を張らせて、ほとんどバリアフリーのようになったのですよ。昔の廊下は、廊下の板が隙間だらけで、風が吹くと、ほこりがいっぱい舞い込んできて、家中がざらざらでした。」

「そうですね……。昔の家は、どこのお家《うち》も、風が吹くとすぐにほこりだらけでした……。」

順介が先刻言った、後から建て出ししたという茶の間は、サッシのガラス窓から陽光の降り注ぐ明るい室であった。その室の食卓には、順介が一人で座るための座布団が一枚置かれていたが、順介は、それを少しずらして、もう一枚の座布団を並べて置いた。

「コーヒーでも飲みますか、それとも、お茶……。」

「私が淹れますわ。今日は暑いので、アイスコーヒーにしましょうか。このポットのお湯は今朝沸かしたの？　氷もありますか。」

「ええ、今朝……。氷もここ、冷凍庫に。それから、コーヒーは、これ。」と言って順介は冷蔵庫からインスタント・コーヒーの瓶を取り出した。そして、自分用のコーヒー茶碗と客人用のコーヒー茶碗を戸棚から取り出して、流し台に置いた。

敦子はまるで勝手知ったる家の台所に立ったように動きながら、

「あなた、お砂糖は入れるの？　私は要らないけど。」

「ええ、一匙ぐらい。ここにありますよ。」と言って順介は台所の敦子の所に近寄って、スプーンを渡し、砂糖のあり処を指し示した。

敦子は手早くアイスコーヒーを仕上げて、それを卓上に置くと、その立ったままで順介に尋ねた。

「あなたの奥様のお仏壇はどこ？」

「ああ、向こうの客間の違い棚のところ……。」

「じゃ、奥様にもコーヒーを上げましょうか。それに、お線香を一本上げさせて下さい。」

言いながら敦子は戸棚の中から小ぶりなコーヒー茶碗を見つけだし、それはホットコーヒーのままで、順介に導かれて客間の方へ行った。

「わあーっ、酒井さんの家の中って、こうなっていたの？」

「そう……、床の間と違い棚のある、ここの六畳の客間と隣の八畳の寝室が襖《ふすま》で仕切られている、そして表廊下と中廊下に挟まれている、昔の家って、みんなこんな風じゃなかったのかな。」

客間の仏壇の上には、悦子の着物姿の大きな写真が飾ってあった。その仏壇の片隅に湯気の立つコーヒーを置くと、敦子はそこにあったライターで蠟燭《ろうそく》に火を点《とも》し、線香を一本取って供え、鈴《りん》を鳴らして両手を合わせ、低頭した。

「奥様って、こういう方でしたの、お美しい方。」

手を振って蠟燭の火を消すと、立ち上がって、戻りかけた。と、その時、順介は、いきなり敦子の身体を抱き締めて、自分の唇を敦子の唇に押しつけた。

敦子も逆らわなかった。舌を差し込むと、敦子の舌もそれに応じた。

「奥様が見ていらっしゃる。」

互いに哀憐の情に流された一時の接吻が終ると、敦子はそう言って、その場を離れ、中廊下を歩きながら、

「悪い方……。」と、濡れた瞳を隠すように俯きながら呻《うめ》くように言った。

それは、敦子が生れてからずっと一人の女として生きてきた証しでもあり、自分には欠けた部分を、この人に求めずにはいられないという哀しみを秘めた愛の呟きでもあった。

「一人きりで生きてるって、寂しいことですね。」

居間の座布団の上に戻った敦子と並んで座り、アイスコーヒーを飲みながら順介が言った。

「ええ、一人で生きるって寂しいことですわ。わたし……、女のお友達はけっこう沢山いるのよ。そのお友達と旅行に行ったり、カラオケをしたり、けっこう楽しんで暮しているの。」と言って、敦子は一度ことばを切り、「でも、一度……、何日かしら、何週間かしら……、いや、二か月位でしたか……、夫の有一が亡くなった時、みんなが、それぞれに『大丈夫？』とか『どうしてるの？』とか、それは同情のことばだったのでしょうけれど、掛けてくれたことがあるの。でも私は、それが嫌で嫌で、わたし……、電話が来たりしても、すぐ切ってしまったり……、その間は、本当につらかったですわ。」

順介は横から、そっと、敦子の背中に腕を回し、抱き寄せた。敦子はその背を順介に預けるように凭れかかった。ほんの一時はそうしていたが、順介はその体をぐっと横にして自分の顔を敦子の顔の前にもっていき、唇に唇を重ねていった。

「カーテンを締めて下さる?」と、敦子が小さく言った。

「だいじょうぶ、どこからも見えはしないよ。」

と言いながらも順介は立ち上がって、窓のカーテンを締めた。それでも中廊下の方からの明かりで互いの顔がはっきりと見えるのだった。

そしてまた敦子の隣に腰を下ろすと、順介は力の限りに敦子を抱き締めて、二人はまた接吻を交した。

「欲しい!」と、ついに順介は呻《うめ》くように言った。

「ここで、するの?」

敦子は、男と女はそうなるものだと感得していたかのように小声で応じて、スカートの下の穿きものを脱ぎ始めた。

順介は壁際に置いてあった座布団を二つ折りにして、黙ってそれを敦子の頭の方に、二枚並べて敷かれていた座布団の端に置き、自分もズボンを脱ぎ、パンツも脱いで、敦子の上に抱きついていった。

予期していたか、予期していなかったことか、欠けた一人が欠けた一人と一つになって、その躍動は繰り返された。

「ああ、順ちゃん。」と、先に呼んだのは敦子の方であった。

「ああ、敦子……。」

毎晩、電話で話しつづけてきた成果——これが二人の本当の結びつきなのかもしれなかった。

身繕いが終ると、二人はまた座布団に並んで座って、アイスコーヒーを飲んだ。

その間にも二人は幾たび唇を舐めあったことか。

順介は身の内に燃える情を抑えきれずに、敦子の身体を抱き寄せ、耳たぶを舐め、そしてその首筋に唇を押しつけて舐め回ったり、ブラウスの胸元から手を差し込んで、その乳首を弄んだり、思いつくままに愛撫の動作を繰り返した。

と、やがて敦子は順介の手を取って、

「さあ、お・し・ま・い。」

その両手を順介の腿の上に返すと、きっぱりと現実を見つめる顔になって、

「もう、何時になるの?」と訊いた。

そこで順介も決着をつけて、カーテンを開けに立ち上がった。

「泊っていってもいいけど……?」

「いいえ、今日は帰るわ。」

「じゃ、駅まで車で送って行くよ。」

「そうお? 私、駅の方角さえ、はっきり判らないのよ。嬉しいわ。」

順介は壁ぎわに吊してあった車の鍵を取りながら、

「今度はいつ会える?」と訊いた。

「また、お電話で相談しましょ。」

「そうだね。出来れば、今度はあなたのマンションにいってみたいな。」

順介は家の戸締りをもう一度確認して、玄関の鍵を締めると、待っている敦子に並んだ。

「わあっ。庭じゅう草ぼうぼうじゃないの。」

「そう、草ぼうぼう……、昔の分譲地。父から相続した二百二十坪だけど、年金じゃ、
植木屋もそんなに頼めないし……。それにしても、敦子ちゃん、さっきは気づかなかった

の？」

「そうね、何故かしら？　いきなり天水桶の金魚ちゃんだけに目がいってしまったのね。」

二人は車に乗ると、門の前の道に出た。

順介はその道に車を停めると、

「この、わが家の前の小ちゃな分譲住宅。昔は畑だった所だけど、こっちの人たちの方が、今は幸せだな。隣近所もすぐ近いから親しくなれるし、みんなで楽しくお喋りもできる。家《うち》みたいに、昔の、広い敷地の分譲地は、庭どうしで離れているから、そんなにお喋りもできないし、今更に親しくもなれない。親の代はそれでも良かったけれど、今では、どうしようもないよ。おれなんか寂しいもんだよ。『一日もの言わず、野に出でて歩めば……』なんて、たしか室生犀星か誰かの詩にもあったけれど、今ではおれはそんな老人だ。でも、小津君のお陰で、敦子ちゃんと知り合えたから、毎晩、話はできるようになった。本当にありがとうさん……です。」

そう言い終ると、今日一日の快楽との別れを観念したかのように意を決して車を発進させた。

そして駅前のロータリーで敦子を下ろすと、順介はまた一人、草ぼうぼうの我が家へと帰っていった。

その夜も、風呂から上がった八時過ぎに順介は敦子のもとへ電話を掛けたこと、言うまでのことでもあるまい。敦子が留守ででもない限りは必ず電話をしよう、と決意した酒井順介のことだから……。

7

「恋人を作るのはいいけれど、再婚してはだめよ。」

それが順介の亡妻・悦子の遺言のようなものであった。それは、悦子が夫と二人で築いてきた家庭に、思い掛けない夾雑物が入り込むのを厭ってのことだったろう。それにまた夫が父親から相続した、この二百二十坪もある土地の相続権のことを思ってのことだったろう、と順介は思っている。何故ならば、悦子は二人の子供を育てながら家計の切り盛りをして、その土地の相続税も細々した順介の給料から十五年年賦で納めきり、庭の雑草の除去も、そこに草花を植えて楽しむのも、すべてが悦子の喜々とした日々の仕事だったからである。毎月、貰ってきた給料袋をそのまま妻に渡し、そこから小遣いの何がしかを受け取って、その範囲内で月々を送るのが順介に託されたやり繰りに過ぎなかった。銀行に行ったこともなければ、雑草を抜くことさえ滅多にしたことがなかった。ただ、ときどき妻に命じられて、庭木や生垣を剪《はさ》んだり、春には筍《たけのこ》を掘る仕事ぐらいは手伝ったものの……。

酒井家の、道から三メートル位引っ込んだ門の横に、ごく狭い、五坪にも満たないほどの竹藪があった。が、春の連休の頃になると、そんな狭い竹藪でも、家では食べ切れないほどの筍が出るのだった。

その食べ切れないほどの筍は、順介の友達や悦子の友達に上げることはあっても、近隣の人には、悦子は決して「上げよう」とは言わなかった。

「一度上げると、来年も再来年も、毎年当てにされるといけないから……。」と言うのが、東京の下町に育った悦子の渡世術だったのだろう。

そんなふうに、妻にすべてを任せた生活だったから、肺ガンで余命一年と診断された後の月日は、六十五歳で停年を迎えて四年を経た、七十歳の順介には、大変な重圧としてのしかかってきた。が、そこにも、妻がいればこその楽しみ（励み）もあったのである。

——妻をガンセンターへ送り迎えする楽しみや診察を待つ間の妻とのお喋り。病院近くの薬局で妻が薬を手にするまでの車外での煙草の一服。肺ガン治療薬・イレッサの副作用で、手の指間に出来た腫れ物に薬を塗る手伝い。そして、指間にガーゼをやわらかに落として包帯を巻いてやる作業。すべてが、二人いればこその、やはりそれも生きる楽しみというような生活であった。だが、順介自身が思う限りでは〈悦子は強い人間だった〉から、繰り言の一つも聞いたことがなかった。と思うと、一人身になった順介は、いつしか涙目になってしまうのだった。

銀行での、カードでの現金の引き落し。買物メモを持っての一人でのお使い。——それらも、悦子がいればこその、やはりそれも生きる上での励みであった。

しかし、悦子がこの世を去ってからというもの、誰のため、というわけではなく、ただ自分一人のためにそういった同じ仕事をしなければならないというのは、何とも言いようもないほどに寂しいものがあった。

だから、車を乗りだしての買物のついでに花を買って、ちょっと寄り道をするように悦子の墓に詣でる。そんな一日に小津家の墓を見つけ、幼馴染の敦子に出会うという幸運に巡り合ったのだった。男は女に惹かれ、女は男に惹かれる。このことは年齢に関係なく、この世に生れついた生き物にとってはごく当然のことなのであろう。『旧約聖書』によれば、人から取ったあばら骨の一つを取ってひとりの女を造り、その所を肉でふさいだ——その一つを求めずにはいられない、男も、その本体に合致しようと欲する、女も、要するに、そのどちらにしても、欠けた一体にすぎないのだ。男の、女を求める欲求も、女の、男を求める欲求も、決して無法ではなく、ごく自然の、自己愛の、より完全な自己を求める作業にすぎないのであろう。

8

電話で約束したとおり、大塚駅の改札口を出ると、そこにはすでに敦子が待っていた。

「お待ちになりましたか?」

「ええ、五分ぐらい……。もう、そろそろいらっしゃるかなあ、と思って、首をながーくして待っていましたわ。」と言って敦子はコートの襟から顎をしゃくるように突き出して微笑んだ。その笑顔には、見事に、両の頬のえくぼの凹みが際立っていた。

もう十二月に入ったというのに、今日はまた昨日と違ってコートもいらないほどの暖かな日和であった。堪えられないほどに北風が吹いて寒い日があったり、また今日のように長閑やかな日があったり……、そしてやがては本当の冬がやって来るのであろう。

敦子に並んで歩きながら順介が話しかけた。

「お変りないですか。と言っても、毎晩、電話では話していることですけど……。」

「ええ。」と言って敦子は背筋をぐんと伸ばすように張って、「最近、なんだか背中が痛いの……。」

「背中って……？」

「別に、どうっていう訳でもないんですけど……。」

「電話では、別に、なにも言わなかったじゃない……？」

「ええ。お電話でお話するほどでもありませんもの。」と言って、一度ことばを切って、敦子はつづけた。「若い頃に大塚に下宿していらっしゃったって、お電話で聞きましたけど、この辺もずい分変りましたでしょ？」

「ええ。あんな高いビルなど一つもなかったですね、せいぜいが二、三階ぐらいで。それに、道路も、ものすごく整然と整えられました、信号やなにかも……。僕が下宿していたのは護国寺の方でしたけど、自家《うち》に帰ったりした時は大塚駅を使っていました。池袋より、むしろこっちの方が近かったですから……。」

「そうですか。じゃ、大塚公園、ご存知かしら？　こんなに暖かな日ですから、ちょっと先に行ってみますか、お食事の仕度はもうほぼ出来ておりますから。」

道を歩きながら敦子はふと歩みを止めて、

「ここ。私のマンション。十五階建てすの。その十二階が私の家。夫が『〝小津〟の字画が十二画だから十二階がいい』なんて言いましてね。ちょうど十二階が空いていたので、そんな思いつきをしたのでしょうけど……。」

二人はその茶色いビルディングの前を通りすぎ、道路を渡って公園に入っていった。階段を数段下ると、木の下陰に、それこそ「かわいい」としかいいようのないほどに小さな四阿《あずまや》があった。

「ここに座りましょうか。今日は昨日と違って風もないし、暖かいから、日が差さなくても、ちっとも障りがない。」

順介の言うのに応じて敦子も隣に腰を下ろした。

「昔はこんな四阿などなかったですね。僕も何度か来たことはありますけど……。」

「そうですか、何年前？　私は最近はよくここに憩いに来ますけれど……。」

「五十年ぐらい前かな、いや、正しくは四十七年前だ、僕が大塚にいたのは二十七歳と二か月までのことでしたから。電話でも話したことだけど、三月に退職して五月十日出帆の船でマルセーユへ渡り、パリで二年間留学していました。だからヨーロッパは一人であちこち旅行しましたよ。」と、順介は改めて自分の過去を披瀝したのであった。

「そうですか。人の動きって面白いのねえ。」

「えっ、なんのこと？　何を言いたいの？」

「いいえ、別に……。五十年ぐらい前に酒井さんがよく来ていたっていう公園に、その五十年近く後には、この私――小津敦子がときどき来ているなんて考えたら、ふと、そう思ってしまったの。」

「そうだねえ。でも、それもそうだけど、飯島さんの敦子ちゃんが小津の敦子さんになったことの方が僕には不思議だったなあ。」

ボランティアの人か高齢者事業団の人か、公園のあちこちで、数人の男女が箒で落葉掃きをしている姿が認められた。

と、順介は急に、ひとり呟くように歌いだした。

〝C'est une chanson
Qui nous ressemble
Toi tu m'aimais
Et je t'aimais〞

「あら、フランス語？　シャンソンですね。〝枯葉よー〟というのでしょ？」

〝枯葉よー〟の部分を歌うようにして敦子が言った。

「そうです。急に思いだしてしまった。でも、翻訳された日本語の歌は〝枯葉よー〟というでしょ。」と順介も歌ってみせてから更につづけた。「そうすると、どうしても散ってくる枯葉を思ってしまいます。ところが、実は、それがそうではないんだな。あそこでは箒で枯葉が掻き集められているけど、この歌の『枯葉』は、スコップで掻き集められている情景なんですよ。〝C'est une chanson〟というのは、〝それは一つの歌——〟という意味で、〝Qui nous ressemble〟は〝その歌は私たちと似ている〟という意味、〝Toi tu m'aimais〟は、〝あなたは私を愛していた〟そして〝Et je t'aimais〟は、〝そして私はあなたを愛していた〟——その枯葉はスコップで掻き集められて、私たちの愛の足跡を消してしまう。思い出も悔恨も北風に運ばれて忘却の彼方へ、海が砂浜の足跡を消すように、すべてが消されてしまうのだ、という歌――この歌はそういう悲しい歌なんですよ。」

順介は急にことばを止めた。

「寂しい歌なのね。」と、敦子はしばらくの間を置いて、ぽつりと呟くように言った。

「そうなんです。ああやって枯葉が掻き集められている所を見ると、なぜか僕はこの歌のこの部分だけが頭に浮んでくるのです。人生って、なんだか切ないものだなー、みんなこうして処理されて、〝思い出〟になってしまう……。考えてみれば、それも当然のことなんですよ、ね。こうしている現在が、たちまちにして、すぐに過去になってしまうんですもの、ね。」

「ロマンチスト……っていうよりも、ニヒリスト……ですね。」

「そう、ニヒリズムですね。」と言って順介は隣に座っている敦子の手を握った。

その手こそ与えたが、敦子は順介の方へ身体を傾けてくることはしなかった。それは、この大塚公園は敦子のマンションからも近いので、誰かに見られていることを恐れたからであった。

「さあ、そろそろあなたのお家へ行きましょうか。やはり少し寒くなってきました。」

順介の声に従って二人は立ち上がり、公園の中央まで階段を下り、東側の出口の方に向かった。

と、そこへ近寄ってきた婦人が敦子に声を掛けた。

「小津さんの奥様、こんにちは。」と、その婦人は言って、一度下げた頭を上げるなり、凍りついたようなその目で、じろりと順介の顔を見つめたのであった。

「こんにちは。」と敦子も声を返して、そのまま通り過ぎた。

「睨みつけられてしまった。」と、順介は、少し経ってから敦子に囁いた。

「さっきの方、マンションの管理組合の組合長さんですの。」

エレベーターで十二階まで上がると、七号室の前で敦子はハンドバックから鍵を取り出して開けながら言った。

「ここ、七号室。ちょうど空いておりましたの。これも、夫は『〝有一〟の字画が七画だから、ちょうど良かった』なんて言って、喜んでおりましたわ。」

「へえ、そうなんだ！　案外こだわり屋だったんだな、有ちゃんて？」

「いいえ、そうでもありませんのよ。ただ、このマンションの室のことだけで……。」

敦子は自分のコートを脱ぐより先に順介のコートを脱がせ、コートと襟巻をハンガーに掛けて、玄関先に吊した。そして自分は室に入ってコートを脱ぎ、かっぽう着の紐を後ろ

手で結びながら、

「さあ、さあ、お入りになって。掘り炬燵ですのよ。」

順介は言われるままにその室に入り、炬燵に足を下ろして、

「へえー、今時のマンションには掘り炬燵まであるの？」

「いいえ、これも夫のこだわり……。夫が、この室を買うに当たって交渉して、わざわざ作らせてしまいましたの。私も、それには大賛成でしたのよ。ちょっとお待ちになってね。今日はお客様ですので、すき焼にしようと思いましてね。煮るばっかりにしてありますので、この台の上へ持って参りますから……。卵、お使いになります？」

「はい。いただきます。」

簡易コンロと鉄鍋やすき焼の具が載った大皿等が運ばれた後に、缶ビールを持った敦子自身も、かっぽう着を脱いで順介の隣の席に腰を下ろした。

「忘れもののないように準備万端整えておいたはずですけど……。」

敦子の手で鉄鍋の中に手際よく牛肉や野菜が入れられて、二人はコップに注がれたビールで乾杯した。

「乾杯。小津君、ありがとう。」と言ってから順介は、ふと、その手を止めて、

「そうだ。僕は、飲む前に、有一君の仏壇にお線香を上げさせてもらおうかな。」

そこで敦子もビールのコップを置いて立ち上がった。

「小さな仏壇ですのよ。どうせ私一人のものですもの……。」

順介は案内された室の仏壇に線香を一本供えると、また炬燵の席に戻った。

9

食欲が満たされると、二人はまたどちらからということもなく抱き合って接吻を交した。

その抱擁の腕を解くようにして敦子が言った。

「いっそのこと、泊っていらっしゃれば！　有一のパジャマをお出ししますわ。」

「じゃ、そうしようかな。」

「その前に、お風呂を沸かしましょうか。」

まるで敦子は新婚の新妻のようにはしゃいだ調子で言い放ったのである。そして立ち上がると、その準備にとりかかった。

「お布団は有一のではなく、お客様のものをお敷きしますわ。みかんでも食べて待っていてね。」

風呂には順介の要望で二人一緒に浴槽に浸かった。

「今日はばかに積極的だね。」

「どうせ限られた命ですもの。」

浴槽の中では、ただ抱き合っただけで、うまく性交は出来なかった。

が、風呂から上がると、順介は敦子の両脚を拡げて、いきなりその陰部に顔を近づけて、その舌で敦子の陰部を舐めまわり、その奥までも、敦子自身を愛するように舌を動かし続けたのであった。

「ああ……、ああ、いい気持よ。」

その声を聞くや否や順介は、やっと勃起した自分の陰茎を敦子の陰房に差し込んだ。

「入ったよね。しっかりと入っているよね。」

「ええ。入っているわ。しっかりと入っているわ。」

「男と女って、こうして生きているんだね。そして、先祖代々も、こうして繋いできた……。」と、順介はその動きを続けながら言った。

そして遂には高まってきて、

「あっ、あっ、あっ……、いく、いく、いくよ……。ああーっ。」

順介は敦子の上に全身を覆い被らせた。

終って、敦子の取ってくれたティッシュで陰茎を拭きながら、順介がふと呟くように訊いた。

「背中が痛いって言ってたけど、痛くなかった?」

「ええ……。」

「背中って、どの辺り?」

「この辺。真ん中辺……。」

「病院に行ってみた方がいいよ。」

「ええ。ありがとう。わたし、有一が入院してからずっと、もう三年ぐらい、癌の検診もなにもしてないの……。そうするわ。」

「おれ、久しぶりに射精できたよ。ありがとう。」

「いいえ。ありがとう。お互いさまよ、ね。」

「この前は……、家でした時、何年かぶりだったので、おれ、無我夢中で、本当に敦子の中に入っていたんだか、いなかったんだか分からなかった……。」

「入っていた?」と、順介は改めて訊いた。

「さあ……?」と言って敦子は笑った。

「おれ、こんなことしたの初めてだよ、ずっと夫婦関係してたのに。敦子さんは、されたこと、ある?」

「ないわ、純潔だったわ。」と言って敦子は声にだして笑った。

「『純潔』はないだろう……。」と言って順介も笑った。

その夜は裸で抱き合って寝た。が、試みても試みても性交は出来なかった。

「さ、お遊びは終わりにしましょ。」と敦子に言われて、順介は自分のために敷かれていた床に戻って眠りに就いたのであった。

10

「マンション中で私たちのこと、噂になっているらしいわ。きっと組合長の奥様が言い触らしたのよ。いやらしいわね。」と敦子が順介からの電話で伝えてきたのは、その日から一週間ほどしてからであった。

順介が敦子のもとに泊って自分の家に帰ったその日からもまた八時過ぎの夜の電話は、定期便のように、毎晩つづいていた。

が、ちょうど十三日目に――、何故か、いくら呼んでも呼んでも、鳴らしても鳴らしても、敦子の家の電話は応答しなくなってしまった。それは、夜に限らず、翌十四日目の昼間も同じだった。

順介は思案した。

〈自分が電話口で、とんでもない失礼なことを言ってしまったのだろうか。それとも敦子の心変りか。または、敦子の身に何かとんでもないことが起ったのか。マンション中の噂になってしまったというが、それで、いたたまれなくなったとすれば、敦子の方から電話でも来るはずだが……。〉と、考えあぐねた末に、順介は、〈もう一晩待ってみよう。そして、電話をしてみて……、それでも居なかったら、あのマンションに訪ねて行ってみよう。〉との思いを決したのであった。

その夕刻、ポストに夕刊を取りに行った順介は、敦子からの手紙を見つけたのであった。

拝啓

愛しい酒井順介さま。

お留守のあいだ、いつものように、何度も、お電話をいただきましたのでしょうか。ごめんなさい。

私は今、兄の家に来て居りますの。

ごめんなさい。お手紙でお知らせしようと、便箋を置き、ペンを握っておりますけれど、何から、どうお伝えしたらいいか、途方に暮れるばかりです。

涙があふれてきて、便箋を濡らします。

では、結論から申し上げます。

お別れしましょう。私のことなど忘れてしまって下さい。そして、もっともっと素敵な方と相思相愛になられることをお祈り致しております。

なぜって……、私はもう駄目ですので……、

いいえ、はっきりとお伝え致します。

お許し下さいませね、今まで何度もお電話ではお話していますのに、このことには何も触れずにおきましたことを――。なんだか私、触れるのが恐い気が致しましたものですから……。どうぞ、お許し下さい。

実は、あなたが泊っていらっしゃった翌日、あなたに厳命されましたとおりに病院に参りました。そして、検査の結果、「胃がん」であることが判明しました。余命一年とのことでした。

「検査の結果を聞きに来る時には、どなたか、ご親族の方と一緒にお出で下さい」と先生に言われましたので、兄に頼んで、一緒に行ってもらいました。そこで聞かされたのが、お医者さんのこのお言葉でした。

兄は私の身を案じて、「しばらくは家に泊っていたらいい」と言ってくれましたので、そのことばに甘えて、兄の家に来てしまいました。嫂《あによめ》も、私を下にも置かないほどに、それはそれは親切に持て成してくれています。

でも、いつまでもそんなに長く、ここの、兄の家にも居るわけにも参りません。いく

ら兄妹でも、一週間以上にもなれば、だんだんお邪魔虫にもなることでしょう。

もう、そろそろ自分の家へ帰ろうかと思います、あの「小津敦子には恋人がいる」と噂されている我が家へ。帰ったら、お電話しますね。

あらっ、ごめんなさい。この手紙――前の方で、「お別れします」なんて書いておきながら、「私の方からお電話します」なんて……。支離滅裂……。

でも、私の心中をお察し下さって、お許し下さいませね。

やはり、私の方から、家に帰ったらすぐに、お電話を差し上げることに致します。

敬具

小津敦子拝

親愛なる酒井順介様へ

読み終って順介は、先ず我が身の不遇を悲しんだ。

〈亡妻・悦子の墓参りしかすることのない、あの孤独な人生に、またしても後戻りしてしまうのか。いっそのこと、この俺にも余命一年とかいう宣告がなされることはあり得ないのか。なぜだ？　なぜ、一人で生きるって、こんなにも寂しいものなのだろう。いっそのこと、敦子と二人で、何処かで死んでしまった方がいいのではなかろうか。もう、この俺も、だいたい、人生を生ききった、という位の年齢だものな。〉

酒井順介は、もう一度、敦子からの手紙を読み返しながら、老いるということ、生きるということ、死ぬということの難しさを、ひとりでしみじみと考えあぐんだのであった。

11

敦子から電話があったのは、順介が手紙を受け取ってからちょうど四日目の夜のことであった。

「酒井さん、こんばんは。小津です、敦子です。お手紙、読んで下さった？　びっくりなさったでしょう?」という敦子の声は意外なほどに明るくて、

〈どれほど落胆していることか、どういう慰めのことばを掛けてやればいいのか。〉と、ずっと思い悩んでいた順介にとっては救われる思いがしたほどだった。

「こんばんは。お帰りなさい。大変なことでしたね。」と、順介は応じた。

「ええ。酷《むご》い宣告でした。酒井さんに申し訳なくて……。でも、もう決まってしまったことだから……、お許し下さいね。」

「いいえ。許すも、許さないも、それは私のことじゃなくて、あなた自身のことじゃないですか。悲しみもなにもかも、乗り越えなければならない……、一緒に乗り越えようじゃありませんか。」

「………。」

「どうしました？　惨《ひど》いことを言ってしまったのでしたら、ごめんなさい。」

「いいえ……、なぜか急に涙が湧いてきて、泣けてしまいましたの。ごめんなさい……。」

「いいえ、泣いていいんですよ。泣きたい時には泣いたほうがいいんですよ。」

敦子は、ちょっと、また黙り込んだが、急に語調を替えて、

「酒井さん、今度、お墓参りには、いつ参りますの？」と尋ねた。

「そうですね。でも、もう暮れも押し迫って来ているから、年が明けて、正月の七日過ぎ頃でしょうか。でも、その前に、あなたには会いたいな。」

「ええ。私もお会いしたいわ。」

「じゃ、僕がまた、あなたのマンションに行きましょうか……、でも、また変な噂が広がると困る？」

「いいえ、少しも、構いませんわ。もう、私、つまらない噂話など、気にしないことに致しましたの。兄にも、酒井さんとお付き合いしていることを話しましたのよ。家に泊っていらっしゃったことも……。」

「そう……？　お兄さんにも……？」

「ええ。もう、何も隠したり、隠そうとしたりは致しません。限られた命ですもの。」

「そうですか。強くなったんですね。」

「いいえ、空元気《から》かも知れませんけれど……。誰でも皆、それぞれに決められた寿命というものがあるんだって考えたら、その寿命を知らないで生きているより、私のように寿命を宣告されてしまった方がよっぽど気楽なような気がしましたの。」

「強いんだなあ、敦子さんて……。僕は敦子さんがこの世にいなくなると考えただけで、なんだか、もう、生きていく気力がなくなってしまう……。」

「だめですよ、そんなこと言っては。空《から》でもなんでも、元気を出さなければ……。」

「なんだか立場が逆転ですね。僕の方が叱咤激励されている……。僕があなたを励まして上げなければならないのに……。でも、あなたに会えると思うと元気が出ます。いつならいいですか、明日？　明後日？」

「今日、兄の所から戻ってきたばかりですから、明後日にして下さい。」

「はい。明後日ですね。また泊めてくれますか。」

「ええ、どうぞ。お望みどおりにして下さい。」

「そんな、捨て鉢のように言わないで下さい。」

「捨て鉢じゃないですよ。捨て鉢のように聞えたらごめんなさい。明後日、お待ちしてますわ。」

「じゃ、また明日、夜の電話で……。」

「ええ。では、おやすみなさい。」

「おやすみなさい。」

12

その夜、順介は眠れなかった。

いつも服用している睡眠薬を二錠飲んだが、一度は寝付いたものの、二時頃に目覚めて、トイレに起きた。それ以来、うつらうつらと眠っているような覚めているような感じでいたが、突然、ハッと目覚めを意識した。その目覚めの一瞬になにか真っ赤なものが脳裏に拡がって見えたのであった。

〈あっ、ポンペイの駅で見た夾竹桃だ。〉

順介はなんの脈絡もなしにそう思った。

ナポリ駅から乗ったソレント行の列車の途中駅＝ヴィラ・ディ・ミステリ　ポンペイ駅でホームに下り立った途端に真夏の強烈な熱気に気圧された順介が先ず目にしたのは、目の前に真っ赤に咲き誇っていた一群の夾竹桃の花であった。

〈ああ、おれの人生には、ああいう荒波もあったのだった。悦子が働きかけてくれたあの一人旅で、あれほど嫌気がさしていた教員稼業にまた舞い戻ることができたのだった。〉

脳髄がそんな思いに囚われだすと、順介はもう寝床に横になっていること自体が苦痛になってきて、ごそごそと靴下を履き、いつものように浴衣の上に紺絣《こんがすり》の着物を着て起きだした。居間の暖房をつけてウイスキーのお湯割を作り、ちょびりちょびり飲みだしたのである。

〈ああ、悦子よ。〉と順介は、また、ふっと脳裏に浮かんで消えた亡妻の面影に囚われて、口に含んだウイスキーをごくりと呑み込んだ。

〈さて、おれの人生を、どうすべきか。〉

順介はこんな年齢になってさえ、いくら考えても埒《らち》のあかない、こんなことを不眠の夜に起きだして思案する悪癖から、今以て逃れられないでいるのだった。

〈おれは、命は惜しくないのだ。ただ、敦子がこの世から居なくなってしまうのが、今のおれには耐えられないのだ。それなら、いっそのこと、このおれの命が、敦子の命と共に亡びる方策を考えればいいのだ。〉と、そこまで考えた時に、順介は口に出してこう呟いた。

「心中だな。」

順介はそこでまた考えた。何人かの小説家の心中事件が頭に浮んだ。が、死後の騒動のことを思うと、それも人騒がせなことに思われた。

〈そうだ。いっそのこと、スイスかどこかの山の奥に入ってしまえばいいんだ。それには先ず敦子を口説き落さねばならない。〉

そう心に決めると、順介はやっと今夜の就眠にとりかかれそうな気になって、ウイスキーの最後の一口を啜り込んだ。そして床に就いたのである。夾竹桃の花ことばには「危険な心」「警戒」の謂《いい》があることなど知る由《よし》もなしに……。

13

「『電話では言えない大事な話』って、なんですの?」

大塚駅の改札口に出迎えた敦子は、顔を見るなりいきなり順介にそう問い質した。

「いや、あとでゆっくり、ビールでも飲みながら話し合おう。敦子さんの命が、『あと一年』て聞いて、僕も考えてしまった。おれだけ生き残っていてもつまらないなーって。」

「だからって、どうなさるって言うの?」

敦子は順介の足並に合せて歩きながら、その横顔を窺い見ていた。

「おれも一緒に行きたいんだ。」と、ぽつりと言って、順介は視線を逸らした。

そこはもう敦子のマンションの前であった。

エレベーターに二人で乗ると、

「今夜はお豆腐と野菜いっぱいの河豚ちりよ。そんな弱虫じゃ困るじゃない？」

「二度も逝かれちゃうの、嫌だ。」

室に入ると、先日と同じように敦子が順介のコートを脱がせ……、いや、脱がせようとすると順介は、ボタンを外したコートで敦子の身体を覆い込み、敦子をしっかりと抱き寄せて、その唇に自分の唇を遮二無二押しつけていった。敦子も思いは同じで、しっかりと全身を順介に預けていった。が、倒れ込むことはしなかった。

順介が腕を解くと、敦子はそのコートを脱がせ、自分のも脱いで、それぞれに室のハンガーに掛けた。

「暖房、消してあるの。今、つけるわね。」

「やっぱり炬燵に入ろうかな。」

「さっき切ったばかりだから、まだ温もりがあるでしょ。」と言って、敦子は炬燵布団の中に手を入れてみてから、そのスイッチを入れた。

敦子の手で食事の準備が整い、さて、缶ビールの栓を開けて、「乾杯」という時になって、その手をふと止めて、敦子が訊いた。

「さあ、では、酒井さんの、そのお考えを聞かせて下さいな。」

「まあ、乾杯しよう、飲みながら話すから……。」

「そうお。じゃ、乾杯。」と言って敦子も順介と同じように半分ほど飲んだ。

「敦子さん、ヨーロッパへ行ったことあるって言ってたよね。」

「ええ、あるわ。夫と二人で、ツアーで、オランダ、ベルギー、フランス周遊の旅ってやつで、八日間。それで……？」

「おれ、ふと、考えたんだ。二人で、スイスかどっかの山の中へ入って行ってしまおうか……って。」

「そんなこと出来るの？」

「出来るか、どうかは、やってみなきゃ解らない……。」

「そんなこと言って、わたし、一人にしちゃ、いやよ。」

「そんなことしないさ。ところで、敦子さん、パスポートはある？」

「ええ、あるわ。五年前に十年用を作って、たったそれ一回きりですもの。」

「おれのはもう切れちゃったから、取ってくる……。」

「どこへ行くの？」

「まだ、はっきりは決まってない。飛行機でパリまで飛ぶかな。あとは列車で移動する。ローザンヌかモントルーか、その辺から、また列車か……、船かな……？　にでも乗って、それから山の中へ入って行こうか、と思っているが、細かいことはこれから調べる。あなたの命があと一年とすると、来年の五月頃までなら大丈夫だよね。」

「ええ、多分……。神のみぞ知る、ですわ。それで、ホテルはどうするの？」

「そんなの、着いた先々で探すさ。心配ないさ。僕は夏休みの四十日間も、悦子と子供達を連れて、ヨーロッパをぐるりと一周、家族旅行をしたこともあるんだぜ。その時も行った先々でホテル探しだった。ただ、おれたち二人がうまく逃避できる山があるかどうか。そこは運頼み……。出たとこ勝負さ。これから出来るだけ真剣に取り組んで、調査研究してみるけど……。覚悟して随いて来てくれる？」

そう言って順介は恐る恐る敦子の手を取った。そして、もう一方の手も取ると、その両手を自分の両手で包み、愛おしむように撫で摩った。

敦子は、嘆願するように凝視している順介の眼を上目に見て、俯《うつむ》くように微笑むように頷いた。その敦子の目から一粒の涙がえくぼに伝わるように流れ落ちた。

「さ、食べましょ。」と言って敦子は鍋のものを小鉢に装《よそ》って、それを順介に渡し、自分の分も小鉢に取って終ると、箸を持って一口口に含みながら、つけ加えるように言った。「あなた、なにも私のために、命を捨てようなんて、考えなくてもいいのよ。」

「そんなこと分かってる。」

順介は憮然として言った。

「生きてさえいれば、まだ楽しいこともあるでしょ?」

「そんなこと……。」と言って順介は箸を置いた。

敦子も黙ったままコップのビールを飲んだ。

しばらくは沈黙の空気が漂った。が、コップのビールを飲み干した順介が先に口を開いた。

「男って、寂しがり屋なんだよ。女は女同士でも旅行したり、食事や買物をしたり、女は一人でもウインドー・ショッピングしたり……、とにかく女は……、この世の中の男も女も、すべて、みーんな女から生れてきたものばかりだもんなー。だから、なんでも味方に出来る性を持っているんだけど、男って、そうはいかないのさ。だから寿命だって女の方が長い……。おれには、敦子さん、あなたしかいないんだもの……。」

敦子は急に泣きだした。そして、泣きながら、

「そんな……女、女って、おっしゃっても……、この私以外にも、女はたくさんいるわ。」

「そんな問題じゃない！　この歳で、女探しなんて、もうしたくない……。敦子ちゃん、おれと一緒に行くの嫌なの？　ヨーロッパ……。」

「いいえ、嫌じゃないわ。どうせ一年の命……で、死んでいくんですもの。」

「そう……、じゃ、決めた！　来年の四月か五月頃の飛行機の切符二枚買うよ。何でも、航空券は十ヶ月前から買えるそうだから、ここで今、その日にちを決めてしまってもいい？」

そう言って順介は敦子の顔色を窺うように凝視した。

「四月なの？　五月なの？　来年の……、カレンダーを見てみなければ……、それは、何曜日になるか……？」

「曜日なんか、どうだって構わない。行きの飛行機だけ買って行くんだから……。」

「そうね。五月がいいわ。連休のあと……。私の体になにも異変が起らなければ……ね。」

「いいんだね。じゃ、五月の八日。敦子さんの誕生日だね。その日に出発しよう。」

食後のお茶を飲みながら、順介が敦子の方に手を回すと、敦子はその背を順介に預けてきた。しばらくはそうしていたが、やがて順介は、敦子の下着の中へ手を差し込んで、両の手で二つの乳房を愛撫し始めた。その行為は、当然のことながら〝男性は女性を愛さずにはいられない〟と宿命づけられた――男性としての順介に背負わされた命の一端（生きている証し）であった。

が、ついには堪えきれなくなって、順介は自分のファスナーを開くと陰茎を取り出して嘆願した。

「持って！　持って！」

まるで全宇宙が凝縮してそこにあるかのような、それは遣る瀬ない順介の命の底からの嘆願であった。一人では生きてはいられない――弱い一匹のオスとしての願意であった。

言われたとおりに敦子は順介のそのものを慈しむように持って、指で優しく撫で摩った。

順介の手は、今度はスカートの下に潜り込み、パンティの中にと忍び入った。陰部に触れると、もうそこは十二分に潤いのある秘園であった。

「ああ、敦子ちゃん、為よう!」

「………。」

敦子はそのままの形でスカートの下のものを脱ぎ去った。

順介は一度立ち上がって、ズボンを脱ぎ、ズボン下もパンツも取り去って、下半身全裸になった。

敦子の手でその陰房に導かれた陰茎はどうやら無事にその場所を得たようであった。

「ああ、敦子ちゃん、入ったね。しっかりと入ったね。いいよ、いいよ。とってもいいよ。」

「ええ、入っているわ。いいわ、いいわ、気持いいわ。」

「ああ、すべてだ、おれのすべてだ。このまま離れたくないなあ。」と言いながらも順介はその動きを為つづけずにはいられなかったのであった。

「あーあっ。」と呻くように声をあげると、それがすべての終わりだった。

「お風呂に入ってから、あとでゆっくり為るんじゃなかったの?」

立ち上がって下穿きを着けながら敦子が言った。

順介も立ち上がり、ズボンを穿きながら、

「そう思ってたんだけど……。背中、痛くなかった?」

「ええ……。普通にしてた方が痛いの。」

「そう? やっぱりそうなの?」


この夜、二人は一緒に風呂に入り、一緒に寝て、今後のことを相談したのであった。

そして取り決めたことは、
一、正月は出来るだけ多くの親族や友人と会うこと。会えない時は電話で話すこと。
一、ヨーロッパ旅行のことは話しても良いが、それが死出の旅路であるとは決して悟られないようにすること。
この二点であった。

そして順介は子供達への遺言書を貸金庫の中に入れておくことを敦子にも伝えて、これからその仕事にとりかかることを表明した。

また敦子は自分の命数の限られていることは兄姉にはすでに知らせているので、幾人かの親友にはこれから伝えておきたいと願っている、と順介に話した。

そして寝物語のように、順介は敦子にこう言って聞かせて、敦子の同意を求めたのであった。

「ヨーロッパのどこかで二人一緒に死ねるかどうかは、実際にやってみないと解らないことだけど、おれ、睡眠薬はいっぱい持っているから、それを持って行くね。列車の駅で下りて、できる限り山奥へ歩いて行って、そこで二人きりになって睡眠薬で眠って凍死するか、それとも船に乗って、適当な所でお互いに睡眠薬を飲んで二人一緒に湖に飛び込むか。どちらになるかは判らないけど、僕は絶対に敦子さんを裏切るようなことはしないから、こんな僕を信じて随いて来て欲しい。敦子さんの命は限られてしまったが、僕の命の果てはまだ限られていない。けれど、町も、環境も変わってしまって、僕の時代はどうやら終ってしまったようだ。そんな僕には、あなた無しでは、どうにも、この僕一人だけでは、生きていくことは、決して、考えられないことだから……。それに、僕の命だって、決して永遠ではないんだから、そんな僕の命に対する同情だけはしないで欲しいんだ……。ねえ、お願いだよ……。」

「ええ。解ったわ。」

言いながら敦子は布団の中へ顔を潜《もぐ》らせて涙を拭っているらしい。

そんな様子を察して、順介は独り呟くように言ったのだった。

「生きていると、楽しいこともあるけど、すぐに終ってしまうね。こんなに年老いてもなお生きつづけていくって、辛いことだね。だからヨーロッパ旅行はできるだけ楽しいものにしようよ。敦子ちゃんの身体も……、それに、おれももう年だから無理は利かない。無理はしないで、楽しむだけ楽しんで、二人だけでひっそりと旅をしよう……、そのままあの世まで行けるような旅を……。」

そしてまた、つけ加えるように言ったのだった。

「敦子さんを、決して、一人にするようなことはしないからね。」

「ええ。解りましたわ。」と敦子は布団から顔を出して同じ言葉を繰り返した。が、その瞳は今にも零《こぼ》れ落ちそうな涙でいっぱいに潤《うるお》されていた。

じっと、その顔を見つめながら順介は、その心の奥深くで、〈医師の誤診……、奇跡的な敦子の回復力……。敦子の命を長らえるためなら、どんなか細い藁《わら》をも摑みたい。〉

――そんな思いに囚われて敦子の身体を力の限りで抱き寄せた。上半身も下半身も、全体を密着させるように、敦子の素肌に自分の素肌を押しつけて、じっと目を瞑《つむ》り、そのまま夜のしじまに溶け込んでいくのを願いつづけていたのであった。

あとがき・略歴

あとがき

〝人〟は生れたその〝時代〟の中で、しかも、その身を置いた〝場所〟の中でしか生きられない。それを〝宿命〟と言う。

私は（旧）東京市芝区汐留に生れたという。が、二歳に満たない頃に、この家（現）千葉県柏市に越してきたという。

この近郷を呼塚分譲地と言った。どの家もみな七百平米前後の敷地で、もちろん二階家などはない。〝草原の家〟のような趣であった。私は今以てその家に住んでいる。が、正確に言うと、一九六二年からの十年間ほどはこの家に居たり、居なかったり……。

分譲地と言っても家は十軒ほどしかなく、私の家はその入口（市街への方角）の最も南西に位置していた。この分譲地の中道を北東に数百メートル行くと急勾配の曲り道。そこからは筑波山が見え、そして正面には田畑の中に二本の川（手前のがくるま堀、奥のは大堀川）が右手に広がる手賀沼に注いでいた。この辺り一帯は呼塚田んぼと呼称されていた。

子供の頃、その呼塚田んぼで私は泳いだ。大雨の後の水浸しの田は畔《あぜ》に立てば安心だが、田んぼの中では、水は私の顎《あご》までもあった。まったく足の立たないくるま堀を渡れたのが、私の泳ぎ開眼であった。

　高校生の頃には、日に光る手賀沼の水を見下ろせる斜面の草むらに寝そべって、空ゆく雲を眺めていた。

×　×　×

　そんな故郷は今はない。同じこの地に住みながら私は故郷を喪失してしまった。

　これは時代の流れのなせる業《わざ》か。それとも、この場所の持っていた業《ごう》か。〝業〟とは〝働き〟であり、〝役割〟でもある。

　〝生きる〟とは、生れてから身につけた有象無象を負って命の限りを追い求めつづけることである。そうした意味で、こうして思いがけずも十冊目の本を出版できる幸運に巡り合えたのも私に恵まれた一つの〝業〟といえるのかもしれない。

　末筆ながら幸運を与えて下さったコールサック社の方々、殊に鈴木比佐雄氏には多大なる謝意を申し上げたい。

二〇一六年十月三日

土居　龍二

土居龍二（つちい　りゅうじ）略歴

本名・増田常司

一九三八年一月　東京市芝区（現東京都港区）汐留に生れ、四十年に現柏市に転居。
一九六〇年三月　日本大学文学部国文学科卒業。
一九六五～六七年　パリ大学文学部哲学科に学ぶ。
一九六八年～二〇〇三年　高校の国語科教師として奉職。

著書

『パリの生活』（一九七二年）
『蛙の裁判』（一九八四年）
『沼のほとり』（一九八九年）
『愛のそなちね』（一九九二年）
『私の川端康成』（一九九五年）

『私の教育論』（二〇〇三年）
『「生きる」ということ――私の人生論』（二〇一〇年）
『神々の玩具』（二〇一二年）
『ポンペイの夾竹桃』（二〇一六年）

訳書
Ａ・ブールデル著『芸術と人生に関する手記』（一九九三年）

現住所　〒二七七―〇〇〇五　千葉県柏市柏四四七

石炭袋

土居龍二小説集『ポンペイの夾竹桃』

2016 年 11 月 29 日初版発行
著者　土居龍二
編集・発行者　鈴木比佐雄
発行所　株式会社 コールサック社
http://www.coal-sack.com
本社・編集部
〒 173-0004　東京都板橋区板橋 2-63-4　グローリア初穂板橋 209 号室
電話 03-5944-3258　FAX 03-5944-3238
企画・編集室
〒 277-0005　千葉県柏市柏 450-12
電話／ FAX 04-7163-9622
E-mail　suzuki@coal-sack.com
郵便振替　00180-4-741802
印刷管理　株式会社 コールサック社　製作部

◆ 装幀＝杉山静香

ISBN978-4-86435-271-0　C0093　￥1500E
落丁本・乱丁本はお取り替えいたします。